LE MENDIANT

DU MÊME AUTEUR

PASSAGE DES MIRACLES, Sindbad-Actes Sud, 1970, 1983, 1988, 1989.
LE VOLEUR ET LES CHIENS, Sindbad-Actes Sud, 1985, 1988, 1996.
IMPASSE DES DEUX PALAIS, Lattès, 1987 ; LGF, 1989.
LE PALAIS DU DÉSIR, Lattès, 1987 ; LGF, 1990.
RÉCITS DE NOTRE QUARTIER, Sindbad-Actes Sud, 1988, 1989.
LE JOUR DE L'ASSASSINAT DU LEADER, Sindbad-Actes Sud, 1989.
LA CHANSON DES GUEUX, Denoël, 1989 ; Folio, 1992.
DÉRIVES SUR LE NIL, Denoël, 1989.
LE JARDIN DU PASSÉ, Lattès, 1989 ; LGF, 1991.
MIRAMAR, Denoël, 1990.
LES FILS DE LA MÉDINA, Sindbad-Actes Sud, 1991, 1995.
MAHFOUZ PAR MAHFOUZ, *Entretiens avec Gamal al-Ghitany*, Sindbad-Actes Sud, 1991.
CHIMÈRES, Denoël, 1992 ; Folio, 1994.
VIENNE LA NUIT, Denoël, Alif, 1996.
LE VOYAGEUR A LA MALLETTE, Aube, 1996.
MON ÉGYPTE, dialogues avec Mohamed Salmawy, Lattès, 1996.
L'AMOUR AU PIED DES PYRAMIDES, Sindbad-Actes Sud, 1997.

Titre original :
Al-Shahhâdh

Editeur original :
Maktabat Misr, Le Caire

Publié avec l'accord
de The American University in Cairo Press

ISBN 2-7427-0918-5

Illustration de couverture :

NAGUIB MAHFOUZ

Le Mendiant

roman traduit de l'arabe
par Mohamed Chairet

Sindbad

Pierre Bernard, fondateur

1

Des nuages d'une blancheur immaculée se détachent sur un ciel bleu au-dessus d'un paysage vert, plat et uniforme. Des vaches qui paissent dont les yeux reflètent une tranquillité inébranlable. Quel pays est-ce ? Rien ne permet de le déterminer. Au premier plan, un enfant sur un cheval de bois, offrant son profil gauche, le regard dirigé vers l'horizon, avec un vague sourire à peine perceptible. De qui est donc ce grand tableau ? Dans la salle d'attente, personne d'autre que lui. Dans quelques instants, ce sera l'heure du rendez-vous pris il y a dix jours. Sur une petite table, au milieu de la pièce, des journaux et des magazines posés pêle-mêle. Du bord de la table pendait la photo de la femme accusée de rapt d'enfants. De nouveau, pour se distraire, il porta son regard sur le tableau champêtre – l'enfant, les vaches et l'horizon – bien que ce ne soit qu'une œuvre décorative sans grande valeur, mis à part son cadre doré et ornementé de motifs en relief. La vue de l'enfant qui joue en regardant devant lui et les vaches tranquilles lui plaisaient bien. Mais il sentait que ses paupières s'alourdissaient et que son rythme cardiaque ralentissait. L'enfant semblait pencher vers le sol, de plus en plus, de quelque côté qu'on le regardât. Quelle captivité sans fin ! Et ce cheval de bois, que fait-il donc là ? Et ces vaches, pourquoi sont-elles si tranquilles ? Un bruit de pas assurés, venant de l'extérieur, attira son attention. Puis, sur le seuil, parut l'assistant, disant : "Entrez, je vous en prie."

Se souviendra-t-il de lui ? Cela faisait un quart de siècle qu'ils ne s'étaient pas vus. Voici le cabinet du célèbre médecin, et le voilà debout au beau milieu de la pièce, le sourire aux lèvres, de taille moyenne, mince, le visage basané, le regard vif, les cheveux crépus, coupés court. C'était pratiquement le même garçon qu'il avait connu à l'école. Il avait encore sur la bouche cette expression ironique qui lui tordait les commissures des lèvres, traduisant son enjouement naturel et son sentiment de nette supériorité par rapport à ses camarades.

— Bonjour Omar ! Tu as vraiment changé, mais en mieux.

— Je pensais que tu ne te souviendrais pas de moi.

Ils échangèrent une poignée de main chaleureuse.

— Mais tu es un vrai géant, ma parole ! Tu étais déjà très grand, et en grossissant un peu, tu es devenu un géant.

Il devait lever la tête pour lui parler. Omar eut un sourire joyeux et répéta :

— Je pensais que tu ne te souviendrais pas de moi.

— Je n'oublie jamais personne, comment aurais-je pu t'oublier, toi ?

Un bel hommage de la part d'un grand médecin. La renommée d'un médecin qui a réussi est toute naturelle, mais qui entend parler d'un bon avocat, à part ses clients ?

Le médecin eut un sourire en le scrutant d'un œil attentif et dit :

— C'est que tu as sérieusement grossi. On dirait un directeur d'entreprise sous l'ancien régime, il ne te manque que le cigare.

Une expression de détente se dessina sur le visage brun, allongé et rebondi de Omar. Il rajusta ses lunettes maladroitement en levant des sourcils bien garnis.

— Je suis heureux de te revoir.

— Moi aussi, même si l'occasion n'est pas des plus heureuses.

Le médecin recula pour aller s'installer derrière un bureau enfoui sous un amoncellement de livres, de papiers et de matériel luxueux, puis il s'assit en l'invitant à prendre place :

— Laissons les souvenirs pour plus tard, occupons-nous, pour l'instant, de ta santé.

Il ouvrit un cahier et prit un stylo :

— Nom : Omar al-Hamzâwi ; profession : avocat ; mais l'âge ?

Il rit de bon cœur en formulant cette question, puis essayant de rattraper le coup :

— Ne t'en fais pas, on est tous logés à la même enseigne.

— Quarante-cinq ans.

— Du temps de l'école, une différence d'âge d'un mois avait son importance. Tandis que maintenant, il vaut mieux ne pas en parler. Y a-t-il des maladies sérieuses dans la famille ?

— Non, à moins de considérer l'hypertension après la soixantaine comme une maladie sérieuse.

Le médecin croisa les bras et dit sur un ton posé :

— Allons-y, je t'écoute.

Omar passa la main sur ses cheveux épais et noirs, très légèrement grisonnants sur les tempes :

— Je ne pense pas que je sois malade au sens habituel du terme.

L'intérêt du médecin, qui avait toujours le regard fixé sur lui, redoubla.

— Je veux dire, continua-t-il, que je ne présente aucun symptôme classique.

— Oui.

— Je me sens dans un état d'apathie bizarre.

— C'est tout ?

— Je pense que c'est tout.

— C'est peut-être un simple surmenage.

— Peut-être bien, mais je n'en suis pas vraiment convaincu…

— Bien sûr, autrement je n'aurais pas eu l'honneur de cette visite…

— Le fait est que cette apathie a tué en moi toute envie de travailler.

— Continue.

— Ce n'est pas de la fatigue au sens habituel, j'ai l'impression que je suis encore capable de travailler, mais je n'en ai plus envie, mais alors plus du tout, je laisse le travail de routine à l'adjoint comptable de mon cabinet, et les affaires sont en souffrance depuis un mois…

— Tu n'as pas songé à prendre un congé ?

— Tout m'angoisse, poursuivit-il, sans prêter beaucoup d'attention à la question du docteur, je ne supporte plus la vie, ni les gens, même ma famille m'indispose. J'en suis donc arrivé à penser que la situation est grave et qu'il faut réagir.

— Ce n'est donc pas…

— Non, c'est sérieux, c'est très sérieux, je n'ai plus envie de réfléchir, je suis devenu incapable d'éprouver la moindre sensation, de faire quoi que ce soit ; tout en moi se défait et s'anéantit. J'espère, mais ce n'est qu'un espoir, qu'il y a une cause physiologique à tout cela.

— Ah ! Si l'on pouvait résoudre nos problèmes sérieux avec un comprimé après le repas ou une cuillerée de sirop avant d'aller au lit !

Il le conduisit à l'intérieur du cabinet pour l'ausculter. Il ordonna tout de suite une analyse d'urine, puis il l'invita à se déshabiller et à s'étendre sur la table d'examen. Omar dut alors montrer la langue, se faire tirer les paupières, se faire tapoter la poitrine et le dos, se faire pincer énergiquement certains endroits du ventre. On utilisa le stéthoscope, on prit la tension. Il inspira et respira fort, il toussa, dit "Ah !" en ouvrant simplement la bouche et du fond de la gorge. L'examen fini, il jeta quelques regards furtifs sur le visage du médecin pour y lire quelque diagnostic, mais en vain. Le docteur regagna son bureau, suivi bientôt par le patient. L'analyse d'urine était prête. Rien d'anormal. Aussi, le médecin se mit-il à se frotter les mains, et, avec un large sourire sur les lèvres, il déclara :

— Notre cher grand avocat n'a rien, absolument rien.

Un léger frisson agita son long nez pointu et le sang afflua à son visage.

— Absolument rien !

— Rien, absolument rien.

— Je crains fort que la situation ne soit plus grave que tu ne le penses, dit-il inquiet.

— Je ne vais quand même pas dramatiser pour gonfler mes honoraires, répliqua le docteur en riant.

Omar se mit à rire à son tour, puis il posa un regard plein d'espérance sur son vieil ami.

— Tu n'as rien, reprit le médecin, je peux te l'assurer.

— Serais-je donc condamné à faire le tour des cabinets de psychiatres ?

— Ni psychiatres, ni rien du tout.

— Vraiment ?

— Vraiment ; en fait, il s'agit d'une maladie bourgeoise, si je peux me permettre d'utiliser une expression à la mode dans nos journaux ces derniers temps. Tu n'as rien.

Puis, sur un ton plus posé :

— Cependant, je perçois les prémices de plus d'une maladie. A vrai dire, tu es venu me consulter au bon moment. Quand, au juste, as-tu ressenti les premiers effets de cette apathie ?

— Depuis deux mois, un peu plus peut-être, mais le dernier mois a été vraiment pénible.

— Laisse-moi décrire ta vie au vu de l'examen auquel je viens de procéder : tu es un homme qui as réussi, tu es riche, tu ne marches guère, tu es un bon vivant, tu manges bien, tu bois du bon vin, tu mènes un train d'enfer, à la limite du surmenage. Tu as toujours la tête prise par les affaires, quand ce n'est pas par la gestion de ta propre fortune. Et te voilà qui commences à t'inquiéter pour ton avenir, ton travail, tes biens…

Omar rit timidement et dit :

— Un tableau fidèle dans l'ensemble, mais tout cela n'a plus d'intérêt à présent...

— Bon, disons que tu n'as rien, mais l'ennemi est là qui guette aux frontières...

— Comme Israël ?

— Et si tu ne prends pas les choses en main, ce sera l'attaque pour de bon...

— Voilà qui est sérieux.

— Mange avec modération... bois un peu moins... un peu de gymnastique, et il n'y aura plus rien à craindre...

Il resta pensif, attendant la suite, mais le docteur n'ajouta rien d'autre.

— Tu ne vas pas me prescrire des médicaments ?

— Non, tu n'es quand même pas un péquenot auquel on prescrirait un placebo ! Le vrai remède est entre tes mains...

— Et est-ce que je redeviendrai comme j'étais ?

— Mieux même. Moi, par exemple, malgré tout ce que j'ai à faire entre la faculté, l'hôpital et mon cabinet, je marche au moins une heure et demie par jour et j'observe un régime adéquat.

— Je n'ai jamais eu l'impression que je vieillissais.

— La vieillesse, c'est plutôt une maladie, et tu n'en souffriras pas aussi longtemps que tu la combattras avec une bonne hygiène de vie. Il y a des gens qui sont encore jeunes la soixantaine passée ; l'essentiel, c'est de comprendre sa vie...

— Comprendre sa vie ?

— Je ne suis pas en train de faire de la philosophie, bien entendu...

— Mais tu es en train de me soigner avec une certaine philosophie. Il ne t'est jamais arrivé de te poser des questions sur le sens de ta vie ?

Le docteur rit aux éclats :

— Je n'ai pas le temps pour ça, à chaque heure qui passe, je rends service à quelqu'un qui en a bien besoin, je ne vois donc pas pourquoi je me poserais ce genre de questions.

Puis, sur un ton plus sérieux et affectueux :

— Prends-toi un congé.

— D'habitude, je ne prends que des congés courts pendant les mois d'été, c'est comme des week-ends, pour ainsi dire.

— Non, prends de vraies vacances et commence un nouveau style de vie, et tu verras, tu repartiras à zéro.

— Des vacances, c'est possible.

— Vas-y ! Ce n'est qu'une alerte de la nature, mais il faut bien l'écouter. N'oublie pas que tu as vingt kilos à perdre, mais pas de régime draconien, vas-y doucement.

Il se tapa les genoux et s'inclina légèrement, annonçant ainsi qu'il allait se lever, mais le docteur lui dit :

— Attends, je n'ai plus personne à voir aujourd'hui, reste encore un peu, qu'on passe un moment ensemble.

Il se redressa sur son siège en souriant. Docteur Hâmid Sabry, je vois bien où tu veux en venir. Tu veux revenir un quart de siècle en arrière et te payer une franche rigolade encore une fois.

— Ah ! C'était le bon temps.

— En vérité, mon cher docteur, tous les temps sont bons, à l'exception du présent.

— C'est vrai. Le souvenir, c'est une chose, et les ennuis quotidiens, c'en est une autre.

— Puis tout s'en va d'une manière absurde.

— Mais il y a notre amour pour la vie, et ça, ce n'est pas absurde.

— La vie ! Je l'ai beaucoup détestée ces derniers temps.

— Et te voilà à la recherche de l'amour perdu ! Dis-moi, tu te souviens encore du temps où l'on s'intéressait à la politique : les grèves… la Cité vertueuse ?…

— Bien sûr, mais tout ça est révolu, on n'en a gardé qu'une mauvaise réputation.

— Mais un grand rêve a été réalisé, je veux dire l'Etat socialiste.

— Oui…

Le docteur, en souriant :

— Et tu avais plusieurs facettes : le socialiste extrémiste, le grand avocat, mais nous avons surtout gardé le souvenir de Omar le poète.

Il eut un sourire grimaçant pour dissimuler une contrariété soudaine, puis il balbutia :

— Hélas !

— Tu ne t'intéresses plus à la poésie ?

— Non.

— Mais tu avais publié un recueil, il me semble ?

Il baissa les yeux afin que l'autre n'y remarque pas son énervement et sa gêne.

— C'était un petit jeu enfantin, ni plus, ni moins.

— Je connais des collègues médecins qui s'adonnent à la poésie et qui vont jusqu'à lui sacrifier leur carrière…

Un triste souvenir, quand est-ce qu'il va cesser d'en parler ?

— Je me souviens aussi d'un de nos condisciples, Mustapha al-Minyâwi, comment on le surnommait déjà ?

— Le Chauve Mineur ! Nous sommes encore des amis inséparables. C'est un journaliste en vue maintenant et il produit des émissions pour la radio et la télévision…

— Ma femme l'adore. Il était aussi passionné que toi, mais le plus passionné de tous, c'était, sans aucun doute, Othmân Khalil…

Le visage de Omar se rembrunit. Ce souvenir lui fit l'effet d'une gifle reçue de plein fouet.

— Il est en prison, murmura-t-il.

— Eh oui, un long bail en prison. Vous étiez ensemble à la faculté de droit, il me semble.

— Nous étions de la même promotion, Mustapha, Othmân et moi. Mais, à vrai dire, je n'aime pas évoquer le passé.

— Aime donc l'avenir, conclut l'autre. Puis, en regardant sa montre : Dorénavant, c'est toi le médecin et personne d'autre.

En passant par la salle d'attente, il jeta un coup d'œil sur le tableau. L'enfant était encore sur son cheval de bois, fixant l'horizon. Et ce vague sourire qui se lisait dans ses yeux, était-il destiné à l'horizon ? Le ciel était encore bas. Et les rayons qui parcourent des millions d'années-lumière, qu'éclairent-ils ? Bien des questions qui restent sans réponse.

Dehors, devant l'immeuble, place Soliman-Pacha, il monta dans la Cadillac noire qui s'ébranla tel un bateau sur le Nil.

2

Il est reçu par des regards interrogateurs. On ne lui laisse même pas le temps de répondre aux salutations qui lui sont adressées. Une tendresse douce et sincère, mais quel ennui ! Une aigreur qui corrompt tous les sentiments ! Derrière, se profile le grand balcon surplombant le Nil du haut du quatrième étage. Le cou de sa femme, fort et bien planté, sortant de l'encolure de sa robe blanche. Les joues bien rebondies. Elle était là, telle une énorme statue, pleine de confiance et de principes. Ses yeux verts étaient mangés par la chair abondante qui les entourait. Cependant, son sourire gardait encore toute son innocence.

— Mon cœur me dit que tout va bien…

A côté de sa femme, se tenait Mustapha al-Minyâwi, debout, dans son costume en *sharkskin.* Il l'accueillait avec sa face ovale et blafarde, ses yeux fripés et sa calvitie légendaire. Il paraissait minuscule à côté de la femme à la stature imposante.

— Parle-nous du camarade de classe ! Quel a été son diagnostic ? T'a-t-il reconnu au moins ?

Bouthaïna s'appuyait du coude sur l'épaule d'une statue en bronze représentant une femme ouvrant les bras d'une manière accueillante. Avec sa taille svelte, c'était une copie de sa mère à quatorze ans, mais elle n'avait pas l'air de prendre le même chemin, elle ne permettrait pas à la graisse de corrompre la pureté de sa ligne. D'un regard, il exprima la complicité qui les unissait, sans qu'ils aient besoin de paroles. Quant à Jamila, la cadette, elle était affairée avec son nounours, installée entre deux grands fauteuils, et ne prêta aucune attention à son arrivée.

— Rien, soupira-t-il, une fois que tout le monde se fut assis.

— Dieu soit loué ! s'écria Zaïnab, j'ai toujours pensé que tu avais besoin de repos.

Le triomphe gratuit de sa femme l'exaspéra. S'adressant à Mustapha et la désignant du doigt, il dit :

— C'est de sa faute d'un bout à l'autre.

Et quand il eut fini de résumer le point de vue du docteur, il revint à la charge :

— C'est de sa faute d'un bout à l'autre.

— Quel traitement ! C'est plutôt un jeu, ironisa Mustapha. Puis, avec une pointe de regret : Mais la nourriture et la boisson. Maudite époque !

Pourquoi maudis-tu l'époque, toi qui n'en pâtis pas ? Et celui qui va commencer un voyage dans l'inconnu, que va-t-il faire, pris entre l'amour et l'ennui ? Que va faire celui qui n'a pas encore trouvé la voie du salut ?

— Le docteur Hâmid, dit-il à l'adresse de Mustapha, a demandé des nouvelles du Chauve Mineur...

Puis, après que l'éclat de rire que son propos avait provoqué se fut calmé :

— En tout cas, félicitations pour l'admiration que te voue sa femme.

Un sourire enfantin se dessina sur les lèvres de Mustapha, laissant voir la blancheur éclatante de ses dents.

— Avec la radio et la télévision, lâcha-t-il, je suis devenu une calamité publique et, fatalement, je dois atteindre les gens fragiles.

Et l'autre, qui est en prison ! Même la conscience peut s'émousser, elle n'est pas à l'abri de l'ennui. Mais l'autre n'avait pas avoué. Malgré tout, il n'avait pas avoué. Il s'était dissous dans les ténèbres comme s'il n'avait jamais existé. Et toi, qui tombes malade, ployant sous le confort et le luxe. Et ta femme, qui se dresse comme l'incarnation de la bonne chère et de l'argent ! Demande-toi si le Nil ne s'ennuie pas à vos pieds !

— Papa, est-ce qu'on part en vacances ?

— Oui, nous allons bien nous amuser et j'apprendrai la natation à ta sœur comme je te l'avais apprise...

— Je nagerai jusqu'aux tonneaux des balises ?

Voilà ta mère qui commence à ressembler à un tonneau, et l'horizon à une prison, et la liberté qui disparaît derrière l'horizon. N'y a-t-il plus d'espoir que dans la mauvaise conscience ?

— Ma femme préfère Râs al-Barr, hélas ! dit Mustapha, et quelqu'un comme moi ne peut espérer un mois entier de vacances, à moins d'attraper un bon cancer...

Jamila, délaissant son nounours :

— On part quand, papa ?

Mustapha lui parut comme un monument dédié à l'amour et au mariage. Il était le conseiller, le soutien, le témoin. Son amitié, pour lui et pour sa famille, était là, renouvelée jour après jour. Il ne savait rien encore des eaux qui creusaient le lit du fleuve.

— Le docteur m'a rappelé aussi le temps de la poésie.

— Apparemment, répondit Mustapha en riant, il n'est pas au courant de mes récentes merveilles dramatiques.

— J'aurais aimé lui raconter ton histoire avec l'art.

— Tu penses que notre Esculape s'intéresse à l'art ?

— Sa femme t'adore, cela ne te suffit pas ?

— Cela signifie qu'elle aime les artistes de pacotille.

Zaïnab, qui gardait un œil sur le maître d'hôtel à travers la voûte du salon, dit :

— Le dîner est prêt, allons-y !

Omar déclara qu'il se contenterait d'un morceau de blanc de poulet, de quelques fruits et d'un verre de whisky. Mustapha se demanda alors :

— Et les poutargues, par exemple, est-ce que je vais les engloutir tout seul ? Et d'évoquer le fameux petit déjeuner de Churchill lors de sa visite à Chypre, qu'un des journaux avait relaté longuement.

Il hésita un peu au début du repas, mais il ne tarda pas à manger et à boire sans retenue. Zaïnab, non plus, ne bouda pas son plaisir. Elle but même une bouteille de bière. Seule, Bouthaïna ne se départit pas de son habituelle modération, que sa mère considérait comme une tare.

— Le rapport à la nourriture, déclara Mustapha, explique mieux le comportement humain que le sexe.

Omar se laissa aller et dit d'un ton gai pour la première fois :

— Il me semble que tu souffres du complexe du poulet…

Le dîner terminé, ils ne restèrent pas plus d'une demi-heure ensemble. Jamila alla se coucher, tandis que la mère et Bouthaïna partaient pour une visite chez des voisins dans le même immeuble. Omar se retrouva donc seul avec Mustapha. Ils s'installèrent sur le grand balcon, autour d'une table basse en verre, avec une bouteille de whisky et un récipient contenant des glaçons. Il n'y avait pas un souffle, les feuilles des arbres étaient immobiles, un halo de poussière entourait les réverbères. A travers les cimes des arbres, le Nil paraissait calme, terne, triste et absurde. Mustapha se mit à boire.

— On ne peut rien faire de bon tout seul, murmura-t-il avec dépit.

Omar alluma une cigarette et s'exclama :

— Qu'est-ce qu'il fait lourd ! Je suis devenu incapable d'aimer quoi que ce soit.

— Je me souviens, dit Mustapha en riant, qu'il t'est arrivé de me détester…

— Je crains, reprit Omar sans faire attention à la remarque de l'autre, que mon attitude envers le travail ne se prolonge indéfiniment.

— Régime et gymnastique, recommanda Mustapha, tu n'as pas le droit de décevoir Bouthaïna et de sombrer dans le désespoir.

— Je vais prendre un autre verre.

— Soit, mais une fois à Alexandrie, il faudra être plus ferme.

— Tu disais qu'il m'était arrivé de te détester… tu mens comme la plupart de tes collègues !

— Tu avais du mal à me supporter quand je croyais vraiment à l'art.

— A cette époque, je menais un combat contre moi-même.

— Effectivement, tu combattais la passion artistique qui t'habitait et tu la fuyais énergiquement. Et ce que je représentais, en tant qu'artiste, ne pouvait susciter chez toi qu'anxiété et chagrin.

— Mais je ne t'ai pas détesté. Ton attitude me renvoyait à ma mauvaise conscience, voilà tout.

— J'ai été plein de compréhension à ton égard, je tenais à sauvegarder et ton amitié et ma passion pour l'art. Puis, dans un rire : Et je t'ai certainement beaucoup réconforté en reniant l'art. Et me voilà maintenant qui vends de la camelote artistique dans la presse, la radio et la télévision, alors que toi, tu es devenu une sommité des prétoires.

Des souvenirs rabâchés. Comme la canicule et la poussière. Des boucles bien bouclées. Et l'enfant souriant, avec l'illusion de chevaucher un véritable cheval.

— Je m'ennuie, tu t'ennuies, il ou elle s'ennuie, nous nous ennuyons…

— Régime et gymnastique !

— Tu me fais rire.

— Distraire les gens, c'est ma mission. Tu sais bien que je ne suis qu'un amuseur. Autrefois, l'art avait un sens, mais la science l'a relégué au second plan et lui a retiré toute signification…

— En ce qui me concerne, j'ai bien renié l'art, mais la science n'y est pour rien...

— Pourquoi l'as-tu fait alors ?

Fourbe comme la canicule. Et cette nuit qui n'a aucune présence. Et le vacarme de la rue, clameur sans joie. Le coquin ! Il m'interroge, alors qu'il sait bien la réponse.

— Laisse-moi te demander de répondre à ma place !

— A l'époque, tu avais dit que tu voulais vivre, réussir...

— Pourquoi m'interroges-tu alors ?

Un regard d'aveu inquiet luisait dans les yeux flétris de Mustapha.

— Et toi-même, est-ce que tu renies l'art seulement à cause de la science ?

— Dis-le-moi, tu dois bien le savoir.

— C'est parce que tu as été incapable de lui garder la même dignité que la science.

Mustapha partit dans un éclat de rire imbibé de whisky.

— Certes, toute fuite cache un échec, mais, crois-moi, la science n'a pas laissé grand-chose à l'art. La science recèle la volupté de la poésie, l'extase de la religion, l'ambition de la philosophie. Je t'assure qu'il ne reste plus à l'art que la distraction, et un jour viendra où il ne sera plus qu'un bijou qu'on offre pour les lunes de miel.

— Heureux de te l'entendre dire, mais je suis sûr que ce n'est pas l'amour de la science qui t'anime ; tu veux plutôt te venger de l'art.

— Ouvre un livre d'astronomie ou de physique ou de n'importe quelle science, puis pense à toutes les pièces de théâtre et tous les recueils de poésie que tu voudras, et tu mesureras alors l'étendue de ta honte !

— C'est bien ce que je ressens, en tout cas, quand je pense aux affaires et au droit !

— Ce sentiment de honte est réservé à l'artiste que l'époque a relégué au second plan...

— Malédiction ! s'exclama Omar en bâillant. Je sens qu'il y a quelque chose de terrible dans l'air, une forte sensation intérieure me dit que tout un édifice va s'écrouler…

Mustapha se servit un autre verre et dit :

— Tout ce que je sais, c'est qu'on ne laissera rien qui puisse s'écrouler !

Omar se pencha sur son ami en fronçant les sourcils et demanda :

— A ton avis, c'est quoi, ce mal qui me ronge ?

— Surmenage, routine et… l'époque !

— Et tu crois que je vais m'en tirer par le régime et la gymnastique ?

— Tout à fait, il suffit d'y croire très fort…

3

Désormais, c'est toi le médecin. Puisque tu es libre. Un acte libre est une sorte de création, même s'il ne s'agit que de résister à la tentation de la chère. Disons que l'homme n'est pas fait pour se remplir la panse. En se libérant des désirs de son ventre, l'homme libère son esprit. C'est pour cela que les nuages s'élèvent dans le ciel et que l'orage éclate au mois d'août. Mais quelle cohue ! Quelle humidité ! Et cette odeur de transpiration ! La marche t'épuise, tes pieds n'en peuvent plus, comme si tu marchais pour la première fois de ta vie. Les regards se fixent sur le géant qui avance à grandes enjambées jusqu'à l'exténuation et qui s'assied alors sur le premier banc public sur la route de la Corniche. Tes yeux remarquent les gens après un quart de siècle de cécité. La plage a assisté à la naissance d'Adam et d'Eve, mais personne ne sait qui va devoir quitter le paradis. Jadis, le fils du petit fonctionnaire, jeune homme, grand et mince, avait arpenté les rues du Caire de long en large sans une plainte. Toute son ascendance avait usé ses pieds à battre le pavé, puis était tombée raide d'épuisement. Bientôt, le passé va sortir de prison, et alors la souffrance redoublera d'intensité. “Othmân, pourquoi me regardes-tu comme ça ?” “Tu ne veux pas jouer au ballon ?” “Je n'aime pas le sport.” “Rien que la poésie, alors ?”

Comment fuir tes regards perçants ? Pourquoi discuter ? Tu sais bien que la poésie, c'est ma vie, et que l'union de deux moitiés engendre une musique qui fait vibrer le ciel. "N'est-ce pas, Mustapha ?" L'adolescent chauve s'était écrié : "Cet univers autour de nous n'est qu'une composition artistique..."

Un jour, dans un élan d'inspiration, Othmân avait déclaré : "J'ai trouvé la solution magique de tous les problèmes !" Nous nous étions élancés, transis d'enthousiasme, à la recherche de la Cité vertueuse. Nous avions ébranlé la prosodie par des vagues de violents assauts. Nous nous étions juré que nos propres vies n'avaient aucune valeur. Nous avions préconisé une nouvelle théorie de la gravitation, différente de celle de Newton, d'après laquelle morts et vivants trouvent leurs places respectives dans un équilibre fabuleux. Plus d'envolée, ni de chute. Et lorsqu'un mouvement astronomique adverse était venu nous contrarier, nous avions fait contre mauvaise fortune bon cœur, et nous n'avions pas tardé à avoir notre place au soleil. Alors, très rapidement, le géant était passé de la Ford à la Packard, puis à la Cadillac. Et bientôt, il nageait dans une mare de matières grasses où il avait failli se noyer.

Et voici les parasols plantés côte à côte à perte de vue, formant une immense voûte bigarrée sous laquelle s'étalent une multitude de corps à moitié nus. Dans l'atmosphère, une odeur humaine tenace se mêlant à l'odeur de la mer qui essaie de lui tenir tête sous le soleil déclinant. Bouthaïna qui se redresse, svelte, le corps trempé, les bras et les jambes brûlés par les coups de soleil, les cheveux enfouis sous un bonnet bleu en nylon, le sourire aux lèvres, ravie d'être à la plage. Et toi, à moitié nu, le torse recouvert de poils noirs bien fournis, Jamila entre tes jambes, construisant des châteaux de sable. Et Zaïnab, étendue sur une chaise longue en cuir, brodant une rosace sur un canevas, fière de son opulence, attirant les regards stupides des adolescents sur sa gorge pigeonnante.

Mon cher Mustapha, j'ai lu ta chronique hebdomadaire sur les activités artistiques. Admirable, cinglante et suggestive ! Tu disais que tu n'étais qu'un artiste de pacotille ? Holà ! pas si vite. Tu es d'une essence noble et tu as une plume aguerrie dans la bonne critique littéraire. Même quand tu donnes dans la facilité, ce que tu écris garde toujours une saveur particulière. Merci de demander de nos nouvelles, mais ta lettre était effroyablement courte. Ce n'était, sans doute, qu'un supplément formel à tes articles, mais, moi, j'ai besoin d'un bavardage sans fin. Zaïnab va très bien, elle te passe le bonjour et te demande de penser au médicament qu'elle t'avait prié de lui procurer à l'étranger par l'intermédiaire de l'un de tes amis voyageurs. A mon avis, ses problèmes d'intestin ne sont pas si graves que ça, mais, comme tu le sais, elle adore prendre des médicaments. Bouthaïna est heureuse. Comme je voudrais savoir ce qui se passe dans sa tête ! Mais c'est Jamila qui est la plus heureuse de nous tous, elle n'est pas concernée par tous nos problèmes. Si tu voyais les progrès que j'ai faits, tu n'en croirais pas tes yeux. J'ai perdu huit kilos, j'ai fait des milliers de kilomètres, je me suis privé de tout ce que j'engloutissais : viandes, œufs de poisson, beurre, œufs, et j'ai connu la faim après une longue période où je mangeais à en crever. Et puisque tu n'es pas là, je ne trouve personne à qui parler comme j'en ai envie. Aussi, m'arrive-t-il souvent de parler tout seul. La conversation de Zaïnab est trop raisonnable à mon goût. Pourquoi les propos raisonnables me hérissent-ils ces derniers temps ? La seule personne dont j'ai aimé les propos, c'était un fou qui levait le bras pour saluer à la manière des leaders politiques, tout le long du chemin. Il prononçait des discours merveilleux. Je l'ai rencontré à un kilomètre environ de la plage de Glim. Il s'est adressé à moi spontanément :

— Ne vous l'avais-je pas dit ?

— En effet, lui ai-je répondu.

— Mais à quoi bon ? Demain, la ville sera inondée de soles et on ne pourra même plus circuler.

— La municipalité devrait…

Mais il m'a interrompu brutalement :

— La municipalité ne fera rien du tout, au contraire, elle sera contente : c'est bon pour le tourisme, ces choses-là ! Il y aura de la sole partout, c'est moi qui vous le dis, et les habitants seront obligés de fuir la ville, mais malgré ça, le prix du poisson continuera à grimper…

J'aurais bien voulu savoir ce qui se passait dans sa tête, à lui aussi. Son discours n'était pas moins étrange que celui des grands savants, les as des équations. Et nous autres, gens raisonnables, qui vivons dans la médiocrité et la petitesse, que valons-nous ? Nous ne connaissons ni la volupté de la folie, ni le monde fabuleux des équations. Mais en dépit de tout cela, je peux dire que je suis le père d'une famille heureuse. Si seulement tu me voyais en train de parler tout bas à Bouthaïna, pendant que Jamila nous attaque à coups de poignées de sable ! Notre maison à Glim est très confortable. Mais le whisky me manque terriblement. Hier soir, dans la cabine où nous étions en train de nous changer, nous est parvenue la voix de notre voisin qui disait que les immeubles allaient être nationalisés. Zaïnab a pâli et m'a lancé un regard implorant.

— Nous avons assez d'argent de côté, lui ai-je affirmé.

— Et qui te dit que l'argent ne subira pas le même sort ?

— Rassure-toi, nous avons pris bien d'autres garanties.

Mais cela n'a pas du tout apaisé son inquiétude :

— Qui sait ce qui peut arriver ?

— Dis-moi donc, comment es-tu devenue si grosse ?

— Dans ta jeunesse, tu étais comme eux, s'est-elle écriée, tu ne parlais que de socialisme et tu as toujours ça dans le sang, j'en suis sûre !

Puis elle m'a parlé de nouveau du médicament que tu devais lui procurer. Tu sais, Mustapha, moi, ça m'est égal. Crois-moi, ça m'est bien égal. Je ne sais pas ce qui m'arrive. Je me fiche de tout. Ce qui importe à mes yeux, c'est de te revoir et de reprendre notre bavardage et nos belles discussions qui ne riment à rien. L'autre jour, j'ai assisté, malgré moi, à une conversation amoureuse dans l'obscurité sans que les intéressés ne s'en aperçoivent.

— Ma chérie, dit le monsieur, nous courons à notre perte.

— Cela veut dire que tu ne m'aimes pas, rétorque la dame.

— Mais tu sais bien que je t'aime.

— Si tu te mets à raisonner, cela signifie que tu ne m'aimes plus.

— Tu ne vois pas que j'ai des responsabilités et que je ne suis plus très jeune ?

— Dis plutôt que tu ne m'aimes plus.

— Nous allons à la ruine…

— Les discours moralisateurs, ça va !

— Tu as ton mari et tes filles, j'ai ma femme et mes enfants…

— Tu vois bien que tu ne m'aimes plus.

— Mais je t'aime encore.

— Alors, ne me parle plus que d'amour.

Je me suis éloigné en imaginant le délicieux petit scandale, amusé de l'audace de la dame et de l'incohérence du monsieur. Ils m'ont fait penser à un vieil ami : l'amour. Mon Dieu ! que c'est loin tout ça ! Qu'en reste-t-il, à part quelques souvenirs momifiés ? Comme je voudrais me faufiler dans le cœur d'un amoureux ! De ma vie, comme tu sais, je n'ai aimé que Zaïnab, mais cela remonte à vingt ans. Et ce dont je me souviens, ce sont les gestes et les attitudes et non les sentiments et les émotions. Je me rappelle t'avoir confié un jour que "ses yeux me foudroyaient", et je me rappelle que tu ne m'avais pas lâché quand une espèce de folie s'était emparée de moi. Mais le souvenir de la folie n'est pas folie. J'avais l'esprit en fièvre, le cœur comme un volcan en éruption, j'en perdais le sommeil. Je pleurais beaucoup, la souffrance se sublimait en poésie, je touchais le ciel ; mais tout cela n'est plus à présent que souvenirs momifiés. Et me voilà aujourd'hui qui lutte pour me débarrasser de mon adiposité, et Zaïnab qui ne représente plus pour moi que l'unité familiale et le travail. Je peux t'assurer que je m'en fiche, qu'ils prennent les trois immeubles et les liquidités ! Et je ne prétendrai même pas que je dis cela par fidélité aux principes qui avaient failli nous mener en prison avec Othmân. Le temps du militantisme lui-même n'est plus qu'un très vieux souvenir. Je ne sais ce qui m'est arrivé, ce qui m'a transformé à ce point. Je peux néanmoins t'annoncer une bonne nouvelle : je m'achemine vers une véritable guérison physique, mais je m'approche, en même temps, d'une folie bien originale, comme je t'en souhaite une.

— N'oublie pas de lui rappeler le médicament !

— C'est fait, chérie.

Bouthaïna, comme tu es charmante ! Tes petits seins qui bourgeonnent témoignent que ce monde a un peu de bon goût. Je suis peut-être un peu conservateur, mais quel avenir t'a préparé ta mère ? Il est désolant que tu ne saches rien de la vie et que je t'aie enfermée comme un canari dans une cage, de la maison à la voiture et de la voiture à l'école. Et ce regard rêveur, que cache-t-il ? Tu es sûre que tu ne me dissimules pas des choses malgré la franchise qui règne entre nous ? Et quel effet ça te fait, l'odeur de tous ces corps nus ? Et ces badinages sur les flots de la mer ? Mon Dieu, faites que la société ne contrarie ni ses idées, ni ses actes, et qu'elle n'ait pas à en souffrir !

— C'est la première fois qu'on a la chance d'être aussi bien ensemble, lui dit-il, alors qu'elle venait tendre ses jambes nues sous sa chaise enfoncée dans le sable.

— Mais c'est de ta faute.

— Tu sais, si je m'enfermais tout le temps dans mon bureau, c'était pour vous.

Elle se mit sur le dos en s'appuyant sur ses coudes, exposant sa poitrine et son ventre au soleil qui brillait dans un ciel serein, à part un nuage blanc qui vacillait au-dessus du tournant du golfe.

— Dis-lui, intervint la mère sans quitter son canevas des yeux, que sa santé passe avant tout...

— Avant même la nationalisation des biens ?

— Avant même la nationalisation des biens, répondit-elle sur un ton de défi et en fronçant les sourcils.

— C'est bien de s'adapter à la société, dit-il d'un ton résigné. Mais cela ne suscita aucun commentaire de la part de sa femme.

Une belle femme, à l'allure fière, vint à passer par là. Il lui jeta un regard furtif qui exalta tous ses sens et le remplit d'une joie profonde.

— Quand je serai rétabli, j'essaierai de comprendre la vie d'une nouvelle manière, j'essaierai de trouver le bonheur véritable...

— Demandons à Dieu de nous préserver de tous les maux...

— Dieu aime qu'on Lui demande le bien pour tous... Il la regarda à la dérobée pour voir l'effet de ses paroles sur elle, avant d'ajouter en riant : Mais comment peut-Il, dans ce cas, exaucer les prières ?

Elle comprit tout à fait ce qu'il voulait dire, mais elle ne dit mot. Il n'insista pas et se détourna complètement de ce sujet pour se laisser aller au flot de ses pensées. Tu commences à perdre du poids, ta vitalité revient, mais quelle angoisse ! Les mouches, le travail et l'épouse. Et un jour, Bouthaïna aura autre chose à faire et se détournera de toi, puis viendra le tour de Jamila, qui en est, pour l'instant, à construire des châteaux de sable. Dis-moi ce que tu veux au juste. Et pourquoi le silence règne-t-il malgré le vacarme ? Et ces appréhensions vagues qui te dépriment. A chaque instant, tu sens qu'un lien se défait, provoquant un bruit effrayant, que quelque chose en toi s'ébranle et que tes dents menacent de tomber. Tu finiras bien par perdre ton excès de poids, tu pourras même devenir fantomatique. Agrippe-toi bien aux choses, regarde-les longuement, car bientôt, elles perdront leurs couleurs, et personne ne se souciera de toi. Voilà les vagues qui viennent démolir les châteaux de sable de Jamila, le vent qui fait virevoleter des journaux dont la seule vérité est la rubrique nécrologique. Quelqu'un vient te dire : "Voici mon affaire, je la confie au

Maître des maîtres !" Quelle blague ! Il ne nous reste plus, messieurs les conseillers, que d'aller travailler au Cirque national.

— Chéri, pourquoi tu rêvasses ?

— Oh, ce n'est rien…

— Tu te sens vraiment bien ?

— Je pense que ça va.

— Oui, mais ma longue expérience me dit que tu as besoin qu'on s'occupe de toi.

— Il faut respecter l'expérience…

— Tu veux que je te dise ce qu'en pense la cuisinière ?

— Parce que la cuisinière a une opinion là-dessus ?

— Elle dit que les hommes heureux, ceux qui ont réussi, sont exposés au mauvais œil…

— Et est-ce que tu y crois, toi ?

— Non, bien sûr, mais l'inquiétude nous pousse parfois à tout essayer.

— Tu n'as alors qu'à prendre un rendez-vous avec une voyante.

— Tu ne m'as pas habituée à ce genre d'humour.

— Un peu d'humour, ça fait toujours du bien, répliqua-t-il dans un sourire.

— Oh, je ne vais pas t'embêter davantage.

Sur le chemin du retour, elle resta un peu en retrait avec lui.

— J'ai une bonne nouvelle à t'annoncer, dit-elle.

Il la dévisagea avec un air désemparé.

— J'ai découvert chez Bouthaïna, reprit-elle, quelque chose de tout à fait inattendu.

— C'est autre chose que ce que tu as découvert l'année dernière ?

— Oui. C'est une poétesse !

Il leva ses sourcils épais, tout ébahi.

— J'ai remarqué qu'elle était tout le temps plongée dans ses papiers, qu'elle déchirait ce qu'elle écrivait et qu'elle se remettait à écrire. Elle a fini par m'avouer qu'elle écrivait des poèmes. Alors, j'ai ri et lui ai dit…

Devant son hésitation, il demanda :

— Qu'est-ce que tu lui as dit ?

— Je lui ai dit que toi aussi, tu en étais passé par là...

— Tu ne lui as pas dit où cela m'a mené ?

— Mais être poète à son âge, c'est plutôt sympathique.

— En effet...

— Tu devrais lire ses poésies et lui donner des conseils...

— Si mes conseils avaient la moindre valeur, ils m'auraient profité à moi.

— Mais ça te fait plaisir quand même, cette nouvelle ?

— Très...

4

Ce moment de bonheur ne résista pas à son désarroi. Il eut une sensation très forte, comme s'il était pris de panique. Une effervescence comme il n'en avait plus connu depuis vingt ans. Il invita sa fille à se mettre au balcon qui donnait sur la mer. Elle arriva vêtue d'un chemisier chamarré et d'un caleçon marron. Il l'installa en face de lui en disant :

— Je voulais t'inviter à regarder le coucher du soleil avec moi…

Il lui sembla qu'elle faisait mine de s'excuser. Il savait que c'était le moment de sa sortie en compagnie de sa mère et de sa sœur pour la promenade du soir sur la Corniche.

— Tu vas les rejoindre assez vite, lui dit-il. Les poètes aiment bien les couchers de soleil, non ?

Il remarqua avec un plaisir vif qu'elle rougissait.

— Mais je ne suis pas poète !

— Tu écris bien des poèmes !

— Et qui me dit que c'est de la poésie ?

— Je jugerai sur pièces.

— Ah non ! s'écria-t-elle avec pudeur.

— Il n'y a pas de secrets entre nous, en plus je suis fier de toi.

— Il n'y a pas de quoi être fier, ce ne sont que des phrases laborieuses…

— J'aimerai tes poèmes, même les plus laborieux.

Dans un geste d'abandon, elle baissa les yeux, offrant de longs cils recourbés.

— Dis-moi, Bouthaïna, comment es-tu arrivée à la poésie ?

— Je n'en sais rien !

— Tu es bonne en sciences, qu'est-ce qui t'a amenée à la poésie ?

Elle fronça les sourcils, essayant de se rappeler :

— Les anthologies scolaires !… Je les ai beaucoup aimées, tu sais !

— Qui ne les a pas aimées ?

— Oh ! j'étais enchantée plus que tu ne peux imaginer.

— Tu n'as rien lu d'autre ?

— Si ! J'ai lu quelques recueils aussi…

— Des recueils ?

— Je les ai empruntés dans ta bibliothèque, dit-elle en riant.

— C'est vrai ?

— Et c'est comme ça que j'ai su que tu étais poète aussi.

Piqué au vif, il fit semblant d'être plus joyeux encore :

— Non… non… je ne suis pas poète, ce n'était qu'un jeu enfantin…

— Je suis sûre que tu étais poète ; en tout cas, en te lisant, je me suis sentie littéralement propulsée vers la poésie…

Tu me parlais de théâtre, mais, moi, j'étais poète ! J'étais pris dans un véritable tourbillon. Aucune force ne pouvait m'en sortir, si ce n'est la poésie. La poésie est le but de mon existence. Dis-moi, autrement, que ferions-nous de l'amour qui nous entoure comme l'air ? Et les mystères qui nous consument comme le feu ? Et l'univers qui nous accable impitoyablement ? Ne sois pas buté, mon ami !

— Explique-moi encore un peu.

Tout en essayant de retrouver son courage habituel, elle dit :

— C'est comme si j'étais à la recherche de mélodies dans l'atmosphère.

— C'est joli ce que tu dis, Bouthaïna. Et c'est vrai, tant que cela ne nous gâche pas la vie.

— Qu'est-ce que tu veux dire, papa ?

— Je parle de tes études, de ton avenir ; mais il est temps que tu me montres tes poésies !

Elle lui présenta un cahier couvert de papier argenté. Il se mit à lire avec respect et amour, appréhension et impatience. Pendant sa lecture, il ne put s'empêcher de penser à l'année 1935. Elle s'imposait à lui, contrariante et cajolante à la fois. C'était le temps de la privation, de l'espoir et des mystères. L'inquiétude s'emparait des gens. Le temps de l'utopie, de la Cité vertueuse. Et Othmân qui s'écriait d'une voix chevrotante : “J'ai trouvé la solution magique de tous les problèmes !”

Mais elle est amoureuse, cette fille ! Ma parole, elle est amoureuse ! Ce bourgeon qui n'est pas encore éclos ! Qui est cette beauté dont les nuages sont le souffle ? Le soleil, son miroir. Dont le désir fait balancer les rameaux. Pourquoi sommes-nous troublés quand nos enfants reproduisent notre comportement à leur âge ? Que penserait mon père, s'il apprenait que je parlais d'amour avec sa petite-fille ?

— C'est vraiment de la poésie.

Ses yeux s'illuminèrent de joie :

— C'est vrai ?

— De la belle poésie.

— Tu ne dis ça que pour m'encourager, j'en suis sûre.

— Pas du tout ! Je le pense vraiment.

Il la regarda droit dans les yeux, puis il demanda :

— Mais de qui s'agit-il ?

La flamme de l'enthousiasme s'éteignit dans ses yeux, et d'une voix empreinte de déception, elle demanda à son tour :

— Qui ?...

— A qui est dédié cet hymne ? Puis, sur un ton inspirant la confiance : On n'a jamais eu de secret l'un pour l'autre.

— Il ne s'agit pas d'un être humain, dit-elle, énigmatique et lasse.

— Je ne suis donc plus le père ami ?

— Si, mais je ne parlais pas d'un être humain.

— Ça m'intéresserait de savoir qui c'est, avec ta permission évidemment.

— Puisque je te dis que ce n'est pas un humain !

— Un ange alors ?

— Ce n'est pas un ange non plus !

— C'est quoi alors ? Un rêve… un symbole ?

— Peut-être, dit-elle en proie à une perplexité évidente ; c'est la fin de toute chose.

Il essuya les gouttelettes d'embruns qui lui mouillaient le front et les bras, puis, d'un ton sérieux, dénué de toute ironie, il dit :

— Tu es donc passionnée par le mystère de cet univers.

Une certaine tension s'empara d'elle, lui faisant perdre sa spontanéité et son assurance naturelle. Elle dit :

— C'est fort possible, papa…

Comme on est idiot de se prendre pour des originaux !

— Comment cela est-il arrivé ?

— Je ne sais pas… Il m'est difficile d'expliquer. Mais je n'ai fait que suivre la voie que tu avais tracée dans ton recueil…

Il eut un rire tout à fait machinal et dit :

— C'est une conspiration familiale, ma parole ! Ta mère savait depuis longtemps et elle a dû te montrer cette chose qu'elle appelle recueil de poésie…

— Mais c'est de la belle poésie… Elle révèle un vrai talent.

Il rit de nouveau d'un rire bruyant, ce qui attira l'attention d'un homme qui jouait du piano mécanique, non loin de là, sur la Corniche, saturant l'air de notes dissonantes.

— Enfin une admiratrice pour mes vers ! Mais franchement, ce n'était pas de la poésie. Ce n'était que l'expression des illusions qui me consumaient. Heureusement que je m'en suis débarrassé au bon moment…

— Quant à moi je l'ai trouvée tout à fait passionnante.

— Cela prouve tout simplement que tu es une créatrice, même en tant que lectrice !

— C'est toi qui le dis.

— Et c'était donc ça ton amour ?

— Et c'est le tien aussi.

Ça l'était, mais ça ne l'est plus maintenant. Mon cœur ne produit désormais que la perdition. Le vide et les ténèbres emplissent l'espace interstellaire. Des millions d'années-lumière.

— Qu'en penses-tu alors ?

— A une fille comme toi, je peux dire : fais ce que tu veux.

— Et toi, quand reviendras-tu à la poésie ? demanda-t-elle sur un ton enjoué.

— Prie Dieu pour que je retourne d'abord à mon bureau.

— Je n'arrive pas à comprendre comment tu as pu abandonner la poésie.

— Tu sais, ce n'était qu'une distraction, dit-il en réprimant un sourire pudique.

— Et le recueil alors ?

— J'ai cru un jour que je continuerais…

— Mais je t'interroge sur ce qui t'a arrêté.

Ses lèvres dessinèrent une moue sarcastique, mais il ne tarda pas à retrouver un air sérieux et sincère. Et poussé par un réel désir de confidence, il dit :

— Personne n'avait prêté attention à mon chant.

Le silence t'avait peiné. Mustapha t'avait encouragé. “De la constance et de l'endurance !” Et Othmân : “Lance ta poésie dans l'arène, tu auras des millions de lecteurs !” Mais tu avais du mal à supporter le silence. Les privations t'avaient épuisé. Enfin, l'amour t'avait ouvert les bras. Et la poésie ne te retenait plus. Un jour, Mustapha avait déclaré avec satisfaction : “La troupe de L'Avant-garde a accepté de jouer ma pièce…”

Le silence était devenu tout à fait insupportable. Samson avait décidé de démolir le Temple.

Il ne tarda pas à sombrer dans le sommeil.

— Est-il nécessaire que notre chant soit écouté par quelqu'un ? demanda Bouthaïna.

Il prit une mèche des cheveux de sa fille et se mit à la caresser.

— A quoi bon invoquer le mystère de l'univers dans la solitude ? s'écria-t-il. Puis, sur un ton doux et affectueux : Tu ne voudrais pas que l'on prête attention à ton chant ?

— Bien sûr, mais de toute manière je continuerais.

— Joli ! Tu es meilleure que ton père, voilà tout.

— Mais tu peux renouer avec la poésie si tu le veux…

— L'inspiration est morte à jamais.

— Je ne peux pas le croire. Pour moi, tu es toujours un poète.

La poésie n'a rien à voir avec cette obésité. Comment être poète quand on a la tête constamment prise par les affaires et l'acquisition de biens immobiliers, quand on s'empiffre à en crever ? Mustapha lui-même s'était, un beau jour, affalé sur une chaise longue, le dos courbé, comme s'il était devenu un vieillard.

— Peine perdue ! s'était-il écrié.

— Mais L'Avant-garde réserve un bon accueil à tes pièces, avais-je répondu, agacé. Et ce sont de bonnes pièces, en vérité.

Il avait agité la main avec mépris :

— Je devrais changer de vie, comme toi.

— Mais tu m'as longtemps conseillé la constance et l'endurance.

— On ne peut pas ignorer le public, avait-il craché dans un sourire grossier.

— Voudrais-tu retourner au barreau ?

— Le droit est mort pour moi, bien avant l'art déjà. En vérité, la notion d'art a changé sans qu'on s'en aperçoive. L'art a fait son temps, il est bien révolu. De nos jours, il n'y a plus que la distraction et la bouffonnerie. C'est la seule façon de faire de l'art dans une époque où la science règne sans partage. Il faudrait qu'on lui cède tout, sauf le cirque.

— Ce qui est vrai, c'est qu'on est en train de se casser la figure l'un après l'autre.

— Dis plutôt que nous avons atteint l'âge de raison. Regarde, par exemple, la belle carrière que tu es en train de faire. A mon avis, la distraction est une tâche noble pour les surmenés du vingtième siècle. Et ce que nous pensons être l'art véritable n'est que la lumière d'une étoile morte depuis des millions d'années. Il nous faut donc devenir raisonnables et témoigner aux bouffons le respect qui leur est dû.

— Il me semble que le raisonnement a tué l'art.

— C'est plutôt la science qui a eu raison de la philosophie et de l'art. A nous les joies de la distraction, avec l'innocence des enfants et l'intelligence des adultes ! A nous les petites histoires, les rires francs et les images insolites ! Il faut en finir avec l'égarement de l'orgueil, tourner le dos au trône des savants et se contenter de la bonne réputation et de la prospérité…

Cela m'avait fait plaisir, malgré la tristesse et le dépit. J'ai connu la souffrance des sentiments contradictoires. Et j'ai pensé avec consternation à celui qui croupissait en prison.

Ah ! cet aimable Chauve qui met un baume sur mes blessures. D'une manière inattendue, il me donne l'occasion de me sentir supérieur à lui. Il retrouvera bien ses forces, mais ce sera avec des moyens plus dérisoires. Et moi qui voulais connaître les mystères de l'univers et qui me retrouve dans la peau d'un riche avocat adipeux !

— Si la science est telle que tu la décris, nous ne sommes alors que des parasites vivant à la marge de la vie.

— Nous sommes des hommes qui avons réussi, mais avec un vieux chagrin bien enfoui en nous-mêmes, et il ne serait pas sage de rouvrir les plaies.

— Mais, en réalité, nous appartenons à une époque bien révolue.

— S'il te plaît, ne rouvre pas les plaies !

— Les savants sont forts par la vérité, et nous, nous puisons notre force dans l'argent, mais l'argent perd de sa légitimité jour après jour.

— C'est pour cela que la mort représente un véritable espoir dans la vie de l'homme.

Il regarda les yeux de sa fille avec tendresse et dit :

— Bouthaïna, pourrais-je te demander de ne pas abandonner tes études scientifiques ?

— Je pense que je ne le ferais pas, même si la poésie demeure ce qu'il y a de plus beau dans ma vie...

— Soit, je ne voudrais pas te contredire. Mais tu pourrais très bien être, en même temps, poète et ingénieur, par exemple.

— Tu as l'air bien préoccupé par mon avenir...

— Bien sûr, je ne voudrais pas que tu te réveilles un jour et que tu te retrouves à l'âge de pierre alors que tes contemporains seront à l'âge de la science...

— Mais la poésie...

Il l'interrompit :

— Je ne te contredirai pas, mon ami Mustapha voit en la science une religion, une poésie et une philosophie. Mais sois tranquille, je suis très fier de toi...

Voilà le soleil qui décline. Un grand disque rouge dont une force inconnue a absorbé la vigueur et la vitalité. On peut alors le regarder doucement comme si l'on regardait une pièce d'eau. Tout autour, des flocons de nuages avec une palette de couleurs, roses au milieu, plus clairs sur les franges.

Tu veux vraiment connaître mon secret, Mustapha ? Ecoute, quand l'échec était devenu vraiment cuisant, j'accourus vers la puissance que nous considérions comme un mal devant disparaître. Mais tu le sais déjà...

5

Au soleil couchant, elle paraissait élégante et grave. Comme elle était belle et douce, malgré les chairs abondantes qui enveloppaient sa haute taille, trahissant une satiété provocante et un bien-être arrogant. Sa corpulence peu ordinaire et ses joues gonflées n'arrivaient pas à effacer complètement sa beauté. Ses yeux verts au regard sérieux n'avaient pas perdu tout leur charme. Cependant, il y avait dans le regard quelque chose d'étrange, quelque chose de nouveau que tu n'avais pas encore remarqué. C'était à coup sûr la femme d'un autre, d'un homme d'une autre époque, un homme qui ne connaissait ni fatigue, ni découragement, un homme qui avait oublié qu'il existait. Quel rapport a-t-elle donc avec l'homme d'aujourd'hui ? Cet homme malade sans maladie. L'homme au régime strict, qui flaire dans l'air chargé d'humidité la menace de graves dangers.

La famille faisait sa promenade de fin de journée sur la Corniche, entre Glim et Sidi Bichr. Les deux sœurs marchaient devant, Jamila sur la bordure en pierre, donnant la main à Bouthaïna qui suivait sur la chaussée. La foule commençait à s'éclaircir. Bouthaïna était assaillie de regards. On murmurait des mots à son passage, des mots que le père ne distinguait pas, mais qu'il devinait bien. Il souriait dans son for intérieur. Deux ans, trois tout au plus, et tu seras grand-père. La vie suivra son cours, mais vers où ? Il tourna le regard vers le soleil se couchant dans un ciel serein et clair, légèrement teinté à l'horizon par la rougeur du crépuscule. Il dit :

— Les anciens se demandaient où allait le soleil quand il se couchait, et nous, nous ne posons plus cette question…

Zaïnab observa le soleil quelques instants, puis elle dit :

— Cela fait une question de moins, n'est-ce pas merveilleux ?

Réponse oppressante. Tu la ressens presque comme une provocation. Les comportements raisonnables t'énervent, sans raison… Ah ! comme ce serait beau que la mer s'agite et chasse les flâneurs de la plage, que les promeneurs de la Corniche se mettent à faire des bêtises extravagantes, que le Grand Casino s'envole et se mette à flotter au-dessus des nuages, que toutes les figures familières s'estompent à jamais ! Le cœur se mettrait alors à battre dans la tête. Les reptiles et les oiseaux se mettraient à danser.

Les deux sœurs allèrent au cinéma *San Stefano*, le père et la mère continuèrent leur marche côte à côte. Soudain, elle lui prit le bras et lui dit dans un murmure :

— Omar… Ça ne va pas ?

Il regarda autour de lui en souriant, puis il s'exclama :

— Que d'amoureux !

— C'est toujours pareil… mais, dis-moi, qu'est-ce que tu as ?

— Bouthaïna ne sait pas grand-chose sur la vie, dit-il sans prêter attention à ce que disait sa femme, j'y ai pensé en…

Exaspérée, elle l'interrompit :

— Je sais ce que j'ai à faire ! Il n'y a pas à s'inquiéter, cette petite a un caractère en or. Mais en réalité, tu es en train d'esquiver… Tu aimes bien prendre le large, comme si la fuite pouvait produire des miracles…

— Moi, fuir ?

— Tu sais bien ce que je veux dire, allez, avoue-le !

— Quel crime dois-je avouer ?

— Que tu n'es plus toi-même…

Que cette humidité collante a besoin d'une bonne bourrasque !

— Vraiment ?

— Tu n'es présent avec nous qu'avec ton corps, ça me rend parfois triste à en mourir…

— Mais je me soigne avec une réelle détermination, comme tu dois certainement t'en rendre compte.

— En vérité, je me demande ce qu'il y a derrière tout ça. Ton comportement me pousse à me poser des questions de nouveau.

— Ecoute, nous avons déjà bien analysé la situation.

— C'est vrai, mais tu es sûr qu'il n'y a rien de particulier qui te dérange ?

— Non, rien de particulier.

— Bon, je dois te croire, je n'ai pas le choix.

— Mais tu n'as pas l'air de me croire vraiment.

— J'ai pensé qu'il y avait quelque chose de précis qui t'aurait causé des ennuis : au bureau, au tribunal, chez quelqu'un ; surtout que tu es très sensible et peu bavard.

— Tu sais, si j'en suis venu à consulter le médecin, c'est bien parce que je ne trouvais aucune raison particulière à mon malaise.

— Tu ne m'as pas dit comment cela a commencé.

— Je t'en avais longuement parlé.

— Tu m'avais parlé des symptômes, mais je ne sais toujours pas comment cela avait commencé exactement.

Et te voilà poussé par une envie irréfléchie de t'épancher.

— J'ai du mal à déterminer une date. Je ne sais, au juste, ce qui a déclenché la maladie. Mais je me souviens qu'un jour, alors que j'étais au bureau avec l'un des plaignants impliqués dans l'affaire Soliman Pacha, celui-ci me déclare : “Bravo, maître, pour tout le travail accompli ! Vous maîtrisez le dossier dans ses moindres détails. C'est tout à fait digne de votre grande réputation, et j'ai grand espoir de gagner ce procès." "Moi aussi", je lui dis. Il se met alors à rire avec une satisfaction évidente. Soudain, je rentre dans une fureur inexplicable et lui dis : "Monsieur, imaginez un instant que vous gagniez le procès et que vous rentriez en possession du terrain, mais que l'Etat le confisque aussitôt !" Il hoche la tête avec indifférence et me dit : "L'essentiel, c'est de gagner : ne vivons-nous pas tout en sachant que Dieu peut mettre un terme à notre vie à n'importe quel moment ?" J'ai dû me rendre à l'évidence. Mais ma tête s'est mise brusquement à tourner et tout a cessé d'exister...

— C'était donc ça la cause ? demanda-t-elle en lui jetant un regard ahuri.

— Je n'en sais rien, mais je devais certainement vivre une mutation intérieure continue. Et c'est pour cela que j'ai réagi d'une manière incompréhensible aux paroles de cet homme, paroles que tout le monde répète à tout bout de champ sans que personne ne s'en émeuve.

— Rassure-moi, tu ne penses à la mort qu'à la manière des gens raisonnables, n'est-ce pas ?

Tiens, comment les gens raisonnables pensent-ils à la mort ?

— Oui, oui, bien sûr !

Elle lui décocha un regard interrogateur :

— Et c'est suite à cet événement que tu t'es mis à détester le travail ?

— Non... c'est difficile à dire, peut-être avant, peut-être après...

— Tu sais, je suis tellement triste que j'ai du mal à t'en parler.

— Est-ce que mon travail t'intéresse à ce point ?

— C'est toi qui m'intéresses, toi et rien d'autre...

Les affaires sont ajournées les unes après les autres, les jours passent, et toi, tu es là, assis à ton bureau, les jambes allongées, fumant cigarette sur cigarette en regardant le plafond d'une façon stupide.

— La marche t'a certainement épuisé.

— Oh, tu marches encore plus que moi !

Elle baissa les yeux et dit :

— C'est à mon tour de te faire une confidence... je crois bien que je suis enceinte.

Il fut violemment secoué de l'intérieur, son désir de fuite s'en trouva décuplé.

— Mais ?... murmura-t-il.

— Mon chéri, susurra-t-elle, la volonté de Dieu est au-dessus de toute précaution... Puis, lui prenant le bras : Par ailleurs, tu n'as pas encore eu la chance d'avoir un héritier !

Ils s'en retournèrent. Elle se pavanait, les yeux pleins de coquetterie. Il se dit en lui-même qu'avec un petit verre, il pourrait chasser l'abattement et jouer la comédie de l'amour comme il jouait celles de la vie conjugale et du bien-être.

Il se réveilla tôt. Il n'avait guère dormi. Ses oreilles reçurent de plein fouet le vacarme des vagues qui déchirait le silence du petit matin. Zaïnab dormait profondément, dans une position d'abandon, les cheveux épars. Repue de sommeil et de nourriture. Les lèvres entrouvertes émettaient un léger ronflement continu. Et toi, tu es exaspéré, comme si tu étais condamné à t'acharner contre toi-même. Cela signifie que je ne t'aime plus ! Après le vieil amour, une longue vie commune dans la fidélité et le dévouement, je ne t'aime plus. Espérons que ce n'est qu'un accident de parcours, qu'il ne laissera pas de traces une fois la santé recouvrée. Mais à présent, point d'amour. Et c'est ce qui me tourmente le plus dans cette rude épreuve. Te voilà écoutant son ronflement. Aucune tendresse, ton cœur demeure fermé. Tu la regardes et tu te demandes ce qui l'a amenée à toi ou ce qui t'a poussé vers elle et qui t'a condamné à vivre ce maudit cauchemar.

— Mustapha, voici la jeune fille !

— Celle qui sort de l'église ?

— Elle-même... Regarde sa robe noire ! Elle porte le deuil de son oncle... Tu as vu cette beauté !

— Et sa religion ?

— Je ne me soucie plus de ce genre d'obstacles.

Au jardin public réservé aux familles, l'avocat Omar al-Hamzâwi venait de se présenter à sa future fiancée : "Je suis heureux que vous ayez accepté de faire ma connaissance." Et dans un chuchotement à peine audible, elle se présentait à son tour : "Kamilia Fouad !" Quelque temps plus tard, il lui déclarait : "Ma chère, notre amour est plus fort que tout. Et nous triompherons de tous les obstacles." Elle s'était contentée de répondre dans un soupir : "Je ne sais pas."

Un jour, Mustapha s'était écrié dans une tempête de rire : "Je te connais depuis une éternité, tu es toujours à l'affût des problèmes. Ça va être le scandale chez toi ; et chez elle, ça va être encore pire. Je ne sais vraiment pas quoi faire avec vous deux." Et comme il était magnifique lorsqu'il avait levé son verre en s'écriant : "Toutes mes félicitations ! Le passé est loin derrière vous maintenant. Mais sache, cher ami, que le pas que tu as fait n'est rien à côté de ce qu'a fait Zaïnab. Pour elle, c'est un véritable sacrifice. Les croyances sont tyranniques, même chez ceux qui les ont rejetées. A la tienne, Zaïnab* ! A la tienne, Omar !" Puis, complètement ivre, il t'avait pris à part pour te déclarer : "Pense aux jours difficiles, n'oublie jamais l'amour. Souviens-toi toujours qu'elle n'a plus personne en ce monde. Elle s'est coupée de tout, elle n'a plus que toi."

Tu avais épousé un cœur palpitant d'une vitalité incommensurable, un caractère charmant, une élève modèle de l'école des bonnes sœurs, bien éduquée, une maîtresse femme, une travailleuse acharnée, un flair sans faille pour placer l'argent. Grâce à elle, partant de rien, tu t'étais élevé à un niveau incomparable, tu avais amassé une belle fortune. Son amour t'avait consolé de ton échec comme poète et comme militant. Symbole du sexe, de l'argent et du succès social. Que s'est-il donc passé ?

* Se convertissant à l'islam après son mariage avec Omar, Kamilia a changé de nom et s'est coupée de sa famille. *(N.d.T.)*

Dans son lit, elle se retourna sur le ventre. Sa chemise de nuit se retira, découvrant la nudité de la partie inférieure de son corps. Il glissa du lit et se dirigea vers le balcon. Il s'y installa en fermant la porte-fenêtre derrière lui. Il fut happé par un vent cinglant. Les vagues se déchaînaient sur la plage, battant de leur écume tumultueuse les pieds des cabines. Dans un ciel bas et terne, les nuages obscurcissaient l'horizon. Un jour tout à fait gris s'annonçait. Les rues étaient encore totalement désertes. Tu n'avais envie de rien. L'air matinal ne t'insufflait aucune vie. Jusqu'à quand attendrais-tu la guérison ? Où est donc Mustapha, que je lui demande de m'éclairer sur toutes ces contradictions ? Un grand réservoir d'idées, bien qu'il ne soit plus qu'un camelot ! Pourquoi Zaïnab vient-elle, dans la hiérarchie de mes soucis, après le travail ? Voici une vague qui monte avec une force extraordinaire pour se briser en une masse immense d'écume et se désagréger progressivement jusqu'à n'être plus rien. Mon Dieu, mais c'est la même chose, Zaïnab et le travail ! Le même mal me fait délaisser l'une et l'autre. C'est elle la force qui me pousse au travail. Elle en est le symbole. L'argent, la réussite, la fortune, c'est elle. Et enfin la maladie. Et c'est parce que je suis dégoûté de tout cela que je suis dégoûté de moi-même. Ou est-ce l'inverse ? Mais Zaïnab n'a personne d'autre que moi ! Cette nuit, l'amour a été une rude épreuve. Tari, desséché ! Ce n'était plus qu'une bouffée de chaleur, un pouls accéléré, une poussée d'adrénaline, une convulsion, dans un rythme monotone. Comme les vagues que la plage absorbe sans que rien n'en retourne à la mer. Elle, gazouillant des cantiques amoureux, et moi, restant muet. Elle, me pourchassant, et moi, hagard. Elle, amoureuse, et moi, n'ayant plus que la répugnance à donner. Elle, enceinte, et moi, stérile. Elle, sensible et attentionnée, et moi, lourdaud. “Tu ne me parles pas comme à ton habitude.” “Dis plutôt qu'on ne m'entend plus du tout.” Et à l'autre je disais : “Imaginez un instant que vous gagniez le procès et que vous rentriez en possession du terrain, mais que l'Etat le confisque aussitôt." Et lui qui me répondait : "Ne vivons-nous pas tout en sachant que Dieu peut mettre un terme à notre vie à n'importe quel moment ?" Mais l'aversion et l'aridité n'empêchent pas les vagues de s'élever démesurément pour se briser, se perdre en écume et rendre l'âme. Le sommeil t'engloutit comme un tombeau. Sans repos. Ton esprit vagabonde au gré des hantises. Tu penses même à aller consulter de nouveau. Tu admets donc que ton état a plutôt empiré. Et plus que tu ne l'imaginais. Mais bon sang, qu'est-ce que je veux ? Oui, qu'est-ce que je veux ? Cela importe peu. Gagner des procès ? Je m'en fiche. Mon compte en banque ? Je m'en contrefiche. Le bonheur au foyer ? Je m'en moque. Idem, les manchettes des journaux ! Que dirais-tu alors d'un voyage dans l'espace ? Voyager dans la lumière et rendre grâce à sa vitesse constante ! La seule chose constante dans cet univers inconstant, changeant sans cesse, pris dans un mouvement démentiel. Voilà le premier explorateur de l'espace arrivé à destination. Vendeur de microbes et de fausses nouvelles…

6

Fin août, la famille rentra au Caire. Sur le chemin du bureau, il ne put s'empêcher d'éprouver un certain dépit à la vue du jardin public qui lui paraissait à l'abandon, un simple passage morne qu'empruntaient les gens allant à leur travail. Il fut accueilli chaleureusement, notamment par son second, maître Mahmoud Fahmy. On ne tarda pas à lui apporter les dossiers des affaires en souffrance et de celles qui étaient en cours.

Le mois de septembre ne manqua pas de journées humides et collantes, mais il y eut quelques brises agréables et des matinées couvertes par les premiers nuages blancs de la saison. Mustapha al-Minyâwi lui donna une longue accolade et ils échangèrent des baisers amicaux. Ils étaient debout, se faisant face : Omar, se dressant de toute sa haute taille, et Mustapha, levant le visage vers lui, sa calvitie inclinée vers l'arrière, luisante sous la lumière blanche de la lampe. Prenant place dans le grand fauteuil de cuir devant le bureau, il dit :

— Dis donc, tu es svelte et fringant, bravo ! Puis il prit une cigarette dans une boîte en marqueterie, qui grinçait quand on l'ouvrait, et l'alluma : J'ai souvent pensé te rendre visite à Alexandrie, reprit-il, mais le devoir conjugal m'appelait à Râs al-Barr, sans compter que j'étais constamment pris par la préparation d'un nouveau feuilleton pour la radio…

Il jeta un regard sur les dossiers de son ami, puis le fixa des yeux, quémandant un mot d'encouragement. Omar esquissa un sourire énigmatique et dit :

— J'ai travaillé pendant de longues heures ce matin.

Mustapha soupira d'aise, mais l'autre reprit dans un murmure :

— Mais…

— Mais quoi ? s'inquiéta Mustapha.

— Franchement, je n'avais aucune envie de travailler.

Un silence pesant régna. Mustapha cracha la fumée de sa cigarette nerveusement, puis :

— Il aurait fallu peut-être prendre un peu plus de repos.

— Ecoute, il ne faut pas se leurrer, la situation est bien plus grave. Puis, allumant une cigarette à son tour : C'est un vrai drame, tu sais ! Il n'y a pas que le travail qui m'écœure, le mal s'étend à des choses autrement plus précieuses. Ma femme par exemple.

— Zaïnab ? !

— Je ne sais comment dire, reprit-il tout embarrassé, mais, malheureusement, je ne peux plus la supporter. La maison elle-même n'est plus ce foyer accueillant que tu connais si bien.

— Comment peux-tu dire des choses pareilles d'une maison qui abrite Bouthaïna et Jamila ?

— Elles n'ont plus besoin de moi, heureusement.

Le visage de Mustapha se rembrunit, ses yeux ronds aux cils flétris clignèrent avec un regard curieux exprimant un désir profond et triste de percer le mystère.

— Quelqu'un comme toi ne s'avouera pas vaincu, va !

— C'est peut-être l'univers, avec sa rotation perpétuelle et monotone, qui est le premier responsable de tout cela.

— Tu m'accorderas quand même que tu exagères un peu, en ce qui concerne Zaïnab du moins.

— Hélas, c'est la triste vérité.

— Envisagerais-tu des conséquences pratiques ? demanda Mustapha avec appréhension.

— Pour l'instant, je ne vois que des questions. Mais de réponse, point.

— Je suis sûr qu'au fond de toi-même tu dois être convaincu que ce n'est qu'un état d'esprit passager.

— Appelle-le comme tu voudras. Mais ce que je veux, ce que je dois faire, je n'en sais rien.

— Oh, tu es trop raisonnable pour en rester au questionnement. Interroge tes désirs profonds, analyse tes rêves ! Il doit bien y avoir des choses que tu voudrais fuir, mais pour aller où ?

— En effet, où aller ?

— Tu dois trouver une réponse, tu n'as pas droit à l'hésitation.

— Parle-moi, toi, de ce qui t'incite à travailler, de ce qui te retient auprès de ta femme.

— Je suis lié à ma femme par la force de l'habitude et du principe de réalité. Quant à mon travail, c'est mon gagnepain ; et puis, mon public me procure beaucoup de joie : je reçois des centaines de lettres par semaine, et cela me rend vraiment heureux. Tu sais, l'admiration que te témoigne le public est bien précieuse, même si elle est basée sur du toc.

— Et moi qui n'ai ni public, ni habitude, ni réalité !

— En vérité, dit Mustapha après un long moment de réflexion, ton travail t'a mené très loin dans la voie de la réussite et ta femme t'adore ; et du coup, tu n'aspires plus à rien.

— Dois-je prier Dieu pour m'accorder un échec professionnel et pousser ma femme à me tromper ? lâcha-t-il dans un sourire sarcastique.

— Je suis sûr que si Dieu exauçait cette prière, tu prendrais goût à la vie de nouveau.

Les deux amis se turent, restant chacun seul avec ses pensées. Puis, après un long moment de silence, Omar finit par déclarer :

— Ce qui me console parfois, c'est que je me déteste moimême avec la même intensité. Puis, en écrasant son mégot nerveusement : En vérité, mon travail, Zaïnab et moi-même, tout cela, c'est la même chose. Et c'est à tout cela que je veux échapper...

— Aurais-tu un désir particulier ? demanda Mustapha en le fixant d'un regard soupçonneux.

Il hésita un moment, puis sur un ton de confidence :

— J'ai appris que Bouthaïna écrivait de la poésie...

— Bouthaïna ?

— J'ai lu ce qu'elle avait écrit et nous avons eu une conversation. Cela a réveillé en moi une nostalgie confuse pour les vieux livres que j'avais délaissés depuis vingt ans.

— Ah ! soupira Mustapha, j'y ai souvent pensé.

— Attends un peu !... Mon apathie a été rudement secouée et je me suis mis à la recherche de la mélodie perdue. Je me demandais s'il était possible de repartir à zéro, mais ce n'était qu'un élan passager, qui n'a pas tardé à retomber...

— Tu as peut-être renoncé trop vite.

— Pas du tout ! J'ai repris la lecture, j'ai écrit des mots, mais cela ne donnait rien. Puis, un soir, au cinéma, j'ai aperçu un beau visage. Et du coup, je me suis senti renaître. J'avais envie de bouger.

— C'est donc le mouvement que tu recherches ?

— Le mouvement ou l'ivresse, je ne sais... Mais ça m'a ranimé d'un coup... J'étais sûr, à ce moment-là, que j'avais trouvé ce qu'il me fallait. Le travail, la famille, la fortune, je n'en voulais plus. C'est cette ivresse, vague et merveilleuse comme une victoire perpétuelle au milieu des défaites successives... C'est elle qui a terrassé le doute, l'apathie et l'amertume...

Mustapha, la main sur le menton, le fixa du regard et demanda :

— Est-ce que tu veux faire tes adieux à l'amour ?

— Tu attribues mon état aux vicissitudes de l'âge, n'est-ce pas ? dit-il en fronçant les sourcils. Si c'était le cas, cela se soignerait facilement. On marcherait sur sa dignité, et toute honte bue, on se mettrait à fréquenter les cabarets ; on pourrait même se remarier, et puis, ça passe ! Tu me verras peut-être un jour courant après une femme, mais ce qui m'y poussera sera quelque chose de plus grave que les vicissitudes de l'âge.

Mustapha ne put s'empêcher de partir d'un rire bruyant, puis :

— Je me demande vraiment ce que c'est que cette ivresse merveilleuse ! Ce ne serait pas plutôt une justification alambiquée du délit d'adultère ?

— Ne te moque pas de moi ! Toi-même, tu as connu une passe difficile…

Un sourire se dessina sur le visage de Mustapha. Une expression vague se lisait dans ses yeux, comme s'il fouillait du regard les coins et les recoins de sa mémoire.

— En effet, dit-il. Je commençais la rédaction d'une nouvelle pièce et je sentis que l'art s'effritait entre mes mains et se muait en sciure et poussière. Mais je ne tardai pas à le troquer contre un autre genre, qui, depuis, fait le bonheur de millions de citoyens…

— Quant à moi, j'ai fait fausse route, je suis tombé de Charybde en Scylla : le barreau, finalement, est aussi vieux jeu que l'art. Et contrairement à toi, je ne vaux rien pour l'art nouveau. Pour ce qui est des sciences, je suis comme toi, je n'ai aucune aptitude. Comment retrouver alors l'ivresse perdue de la création ? La vie est courte et je ne suis pas près d'oublier le vertige qui m'a pris lorsque cet homme m'a dit : "Ne vivons-nous pas tout en sachant que Dieu peut mettre un terme à notre vie à n'importe quel moment ?"

— Est-ce que l'idée de la mort te fait peur ?

— Non, mais elle m'incite à vivre la vraie vie.

— Celle que tu as entrevue au cinéma ?

Il ne sait rien de tes pérégrinations sur les places et dans les rues d'Alexandrie, de ton attente désespérée, accroché aux visages prometteurs de cette ivresse inaccessible, ni de tes déambulations sous les arbres des cascades qui se balançaient et semblaient lancer des appels remplis d'ardeur. Le géant fou, à la recherche de sa raison perdue sous l'herbe humide.

Il fit des allusions assez longues à tout cela, mais sur un ton grave qui convenait aux phénomènes mystérieux de ce monde.

Pendant toutes ces nuits étranges, je n'étais pas un animal mû par le désir charnel, mais un homme qui souffrait, un désespéré…

7

Plus je te vois, plus je te désire
Et plus je te désire, plus je suis en fièvre.

— Quelle chanson endiablée ! Qui est cette chanteuse ?

— C'est Margareth… La star du Nouveau-Paris…

Une brise d'automne soufflait dans le jardin en demi-cercle au milieu duquel était aménagée une piste de danse. Les notes de musique se répandaient à partir d'un hémicycle dont les murs et le plafond étaient peints en rouge, diffusant une lumière tamisée.

— Elle a un physique anglais.

— C'est ce que prétend le propriétaire des lieux, mais "anglais" est une notion très extensible dans le langage des boîtes de nuit…

Des traits réguliers, un regard expressif dans des yeux maquillés, une légèreté dans les mouvements du corps ; de tout cela, pourrait peut-être venir la fameuse ivresse inaccessible.

— Veinard ! tu as l'air de t'y connaître en paradis interdits !

— Ça fait partie de mon boulot en tant que responsable de la rubrique artistique de la revue.

— Bravo ! Tu dis qu'elle s'appelle Margareth ?

— Ou vingt livres la nuit, répondit Mustapha en riant, sans compter les frais de prise de contact, évidemment.

La douce brise automnale lui apporta une salutation d'un monde inconnu, habité par un esprit unique, un monde caché dans l'obscurité épaisse qui enveloppait les cyprès du jardin.

— Attends-toi à tout de ma part.

— Oui, mais ne bois pas plus qu'un verre.

— L'essentiel, c'est que je l'invite à ma table.

Mustapha partit à la recherche du serveur. Une odeur d'iris se répandait dans l'atmosphère. Pendant les silences qui entrecoupaient le chant, on entendait le murmure des branches. Soudain, il sursauta ; ses obsessions le reprenaient. Il remarquait des types humains bizarres. Il se dit en lui-même, comme s'il s'excusait d'être là : voilà où nous mène la maladie.

Margareth arriva, se pavanant dans une robe de soirée. Elle salua d'un sourire qui découvrait des dents bien alignées et saillantes. La suivant comme son ombre, le serveur se tenait debout un mètre plus loin, esquissant une courbette.

— Champagne ! ordonna Omar.

Tu l'as bu la première fois le soir de tes noces. C'était un champagne bon marché, un cadeau de Mustapha et Othmân. Que feraient les prisonniers s'ils contractaient ton étrange maladie ?

Mustapha accueillit la jeune femme comme une vieille connaissance et lui dit :

— Miss Margareth, nous avons admiré tous les deux votre voix, et mon ami est séduit par votre personne. Apparemment, plus il vous voit, plus… Puis, il cligna des yeux en riant : Mon ami est un grand avocat, j'espère que vous n'aurez pas besoin de ses services en tant que tel !

Elle eut un rire inaudible et dit :

— Nous avons toujours besoin de quelqu'un pour nous défendre. N'est-ce pas une bonne définition de la femme ?

— A l'exception de celles qui ont votre beauté et votre voix, dit Omar, retrouvant sa vieille galanterie, oubliée depuis de longues années.

Mustapha se mit à ciller malicieusement de ses yeux flétris et dit :

— Laissez-moi vous dire que vous avez affaire à quelqu'un qui a commencé sa carrière comme poète, même s'il n'a pas atteint le niveau de *Plus je te désire*…

— Poète ? s'écria Margareth dubitative, en dévisageant Omar. Il a l'air tout à fait sérieux, pourtant !

— C'est pour cela que ma carrière a tourné court, dit Omar.

— Il est, à présent, à la recherche de la beauté pour soigner une maladie bien originale qu'il a attrapée dernièrement.

On fit sauter le bouchon, et les bulles pétillèrent dans les verres.

— Dois-je comprendre que vous me prenez pour une sorte de remède ?

— Oui, dit Mustapha, pourquoi pas ? Du genre qu'on prend avant le coucher.

— N'allez pas vite en besogne, on ne guérit pas si rapidement.

On joua un slow. Il l'invita à danser. Quand il entoura sa taille de ses bras et qu'il commença à s'enivrer de son parfum suave, la nuit devint belle, l'air s'adoucit. Autour d'eux, les arbres du jardin scintillaient de mille feux.

— Heureuse rencontre !

— Vous êtes sympathique… autant que vous êtes grand.

— Vous n'êtes pas petite non plus.

— J'ai peur de votre regard perçant.

— Il faut y lire ma joie de vous rencontrer. Mais je ne sais plus danser, je suis sûr que je danse mal.

— Vous ne voyez pas que vous êtes trop grand pour bien danser ?

— Quand mon ami m'a invité au Nouveau-Paris, il m'a dit : Tu y trouveras un genre que tu aimeras.

— Vraiment ?

Que c'est beau de mentir en automne !

Comme ils regagnaient leurs places, Mustapha les accueillit en tapant dans ses mains. Le visage de Omar s'éclaira d'une joie candide. En ces moments imprégnés du charme nocturne, il retrouva sa jeunesse perdue. Margareth effleura l'alliance à son annulaire gauche et dit dans un murmure :

— Marié, n'est-ce pas ? Vous autres, hommes mariés, vous ne laissez aucune chance aux célibataires.

Et Mustapha de commenter dans un rire :

— Hé ! mais c'est que vous avancez vite ! Je parie que vous sortirez ensemble ce soir même.

— Eh bien, vous avez perdu votre pari.

— Et pourquoi donc, ma chère Margareth ?... Notre ami est un avocat qui n'aime pas les sursis...

— Voilà une occasion pour qu'il en tâte.

— Ah ! ces vieilles coutumes !

— En tout cas, intervint Omar avec délicatesse, ma voiture est à votre disposition pour vous conduire où vous voulez.

Elle accepta de se faire raccompagner. Il débordait de joie en la voyant monter dans la voiture.

— Vous allez où ?

— Pension *Athènes.*

— Vous est-il arrivé d'admirer les pyramides après minuit ?

— Mais c'est une nuit très obscure, sans lune !

Il prit la route des Pyramides en disant :

— La ville nous prive du charme de l'obscurité !

— Mais...

— Je suis un avocat, dit-il pour la rassurer, je ne suis pas un cascadeur, ni un truand...

Le cœur n'a pas quitté sa caverne depuis les flirts dans les guinguettes et les établissements fréquentés par les familles. A quoi ressemblait Zaïnab en ce temps-là ? Il ne s'en souvient même plus. Même leur photo de mariage, il ne l'a plus vraiment regardée depuis dix ans. Et toi, Margareth ? tu es tout et rien. Je frappe à la porte de la ville enchantée, rempli d'espérance. Et me voilà en proie à l'angoisse du fugitif !

— Dans ce désert qui entoure les pyramides, il y a eu des événements historiques...

— Ne pensez surtout pas à en allonger la liste ! dit-elle en écartant le bras qui tentait de lui entourer le cou.

Il lui pressa affectueusement la main malgré sa remarque.

— Il vaut mieux ne pas s'arrêter, dit-elle, le vent est trop fort.

— Mais nous sommes dans un espace hermétiquement fermé.

Que l'obscurité est épaisse autour de nous ! Qu'elle s'épaississe davantage jusqu'à ce que le monde nous oublie et que les yeux las cessent de voir ! Il est temps que le cœur seul se mette à voir, qu'il voie l'ivresse étincelante comme une étoile ! La voilà qui se répand en toi comme la lumière de l'aurore. Peut-être que ton âme s'est détournée de tout par soif d'amour, par amour de l'amour, aspirant à l'ivresse originelle de la création, retranchée dans les mystères profonds de la vie, cette vie apparue, au terme d'un million de millions d'années de tâtonnements, sous la forme d'une plante prodigieuse et éblouissante.

— Restons ici jusqu'au matin.

— Ne rêvez pas trop, raccompagnez-moi, s'il vous plaît.

— N'avez-vous pas entendu parler des aventures nocturnes aux pyramides ?

— Vous m'en parlerez demain.

Il s'approcha d'elle et ils échangèrent un baiser. Il fit mine d'en demander plus, mais elle le pria gentiment :

— J'ai dit demain…

Il lui imprima un léger baiser sur la joue pour lui signifier qu'il acceptait sa réserve. Puis, la voiture s'ébranla sur les sables du désert.

— Ne m'en voulez pas, s'il vous plaît.

— Je dois me résigner aux lois éternelles.

— Eternelles ?

— Je veux dire les lois de la féminité.

— Non, je suis tout simplement fatiguée.

— Moi aussi. Je vais en profiter pour aménager un petit endroit convenable.

— Attendez qu'on se revoie.

— Il vaut mieux que je prépare le petit nid.

— Attendez un peu !

— Quelque chose me dit que nous ne nous quitterons jamais.

— Oui, dit-elle en regardant la route.

Quand il rentra chez lui à Garden City, sur la Corniche du Nil, l'aube était sur le point de se lever. Dans l'ascenseur, il se remémora les remontrances de son père autrefois. Lorsqu'il alluma dans la chambre, il vit Zaïnab assise devant la coiffeuse. Elle le regarda d'un œil fatigué qui paraissait encore plus triste sous la lumière éblouissante.

— Tu devrais être au lit, dit-il calmement.

— C'est la troisième nuit, soupira-t-elle en tendant des mains vides, l'air désespéré.

— Je ne peux pas faire autrement, lâcha-t-il froidement en se déshabillant.

— C'est la maison qui t'indispose ?

— Non, mais je suis bien indisposé !

— Et où passes-tu tes nuits ?

— Par-ci, par-là… au cinéma, au café, en me promenant dans la voiture…

— Et moi qui suis là à supposer le pire.

— Il fallait plutôt dormir tranquillement.

— Je finirai bien par tomber malade, va !

— Suis mon conseil !

— Tu me traites avec une froideur insupportable, maugréa-t-elle.

C'est indéniable. Ton vieil époux n'est plus ce qu'il était. Le voilà courant à perdre haleine après des chimères, ne laissant derrière lui qu'une poignée de poussière. Les réjouissances d'hier, la Cité vertueuse… de la poussière ! De même, la jeune fille à la fraîcheur prometteuse ! T'en souvient-il ? Lorsque les cloches de l'église se sont mises à sonner, tu l'as regardée, charmé par ses yeux verts, en disant : “L'amour se moque de la peur !" Elle s'est agrippée à toi et t'a murmuré : "Oui, mais mes parents ?" "Tes parents désormais, c'est moi. Je suis tout pour toi, jusqu'à la fin des temps !"

Et aujourd'hui, ta vie est accrochée à une chanson obscène ! Dors, Zaïnab, dors par pitié pour moi et pour toi-même !

Le lendemain, sur la scène éclairée en rouge, ce n'était plus la même femme qui chantait :

Plus je te vois, plus je te désire
Et plus je te désire, plus je suis en fièvre.

— Mais où est Margareth ? demanda-t-il à Mustapha.

Celui-ci s'absenta quelques minutes pour revenir annoncer :

— Une mauvaise surprise.

— C'est-à-dire ?

— Elle est partie.

— Où ?

— A l'étranger.

— Et elle est partie soudainement, comme ça ?

— Cherchons-en une autre, se contenta de répondre Mustapha.

8

Ce mauvais coup eut des effets terribles. Il entrait dans une course effrénée avec la folie. Il aurait voulu voir s'envoler les arbres.

Mustapha lui demanda :

— Es-tu vraiment sûr que cette voie mène à la guérison ?

— C'est probable. Et, en tout cas, je n'en vois pas d'autre pour le moment.

En se garant devant *Le Capri,* il dit :

— Tu sais, j'ai essayé plein de choses avant d'en arriver là. Et avec Margareth, j'ai vraiment vibré. Même si Margareth elle-même n'est qu'un mensonge.

Ils prirent place sous une tonnelle à l'écart, dont la lumière tamisée permettait à peine de distinguer les clients.

— Le gérant du cabaret est bien un ami à toi, n'est-ce pas ?

Il pointa le doigt vers l'autre bout de l'établissement, où se tenait debout un homme du type rond, petit et corpulent, au visage clair et empâté prolongé par un énorme double menton. L'homme, malgré un regard somnolent sous ses lourdes paupières, avait une expression plutôt joviale. Apercevant Mustapha, il accourut vers lui avec une vitesse dont on ne l'eût pas cru capable. Omar le reconnut : c'était un vieux client pour lequel il avait gagné deux procès. Il leur serra chaleureusement la main et prit place à côté d'eux en disant :

— Omar Bey, très honoré !

Il fit apporter du whisky, et s'adressant à Omar de nouveau :

— Je n'aurais jamais rêvé d'un tel honneur ! Mais il est vrai que ceux qui travaillent beaucoup ont plus besoin que les autres de se distraire…

Mustapha l'interrompit sur un ton tranchant :

— Trêve de cérémonies, monsieur Yazbek ! L'homme lui adressant un regard interrogateur, il continua dans un sourire : Oui, c'est bien ce que vous pensez, il est temps d'exprimer votre gratitude à votre avocat !

— Omar Bey ?

— Je voulais vous demander si vous connaissiez une femme convenable pour lui…

Il eut un sourire énigmatique et dit :

— Ce serait, à mon avis, une jeune fille de bonne famille, bien cultivée, belle…

— Je parle d'amour et non de mariage !

— Il est libre, monsieur…

— Et des filles cultivées et charmantes, vous en avez ?

Il agita sa petite main grassouillette et dit fièrement :

— Capri ! Capri !

Tout en glissant vers Omar des regards dans lesquels subsistait encore un doute sur les intentions de ses clients, il devint plus loquace :

— Elle était étudiante à l'Institut d'art dramatique, elle n'a pas réussi au cinéma, mais elle a une véritable passion pour la danse. Elle est devenue la star du Capri…

— Vous parlez de Warda ?

— Elle-même !

Mustapha dit alors, comme s'il s'excusait de ne pas y avoir pensé :

— Je ne l'avais pas proposée en raison de sa taille. Les femmes grandes ne m'attirent pas beaucoup personnellement.

Yazbek désigna la scène avec fierté pendant qu'on jouait une danse orientale. Une tempête d'applaudissements retentit pour saluer la grande danseuse à la beauté éblouissante. De très grands yeux languissants, un front haut, donnant à son visage une allure majestueuse qui la mettait d'emblée dans une classe à part.

— Magnifique ! s'exclama Mustapha.

— Toi, tu es vacciné contre les péchés qui tournent la tête.

— Je vis en autarcie, c'est une manie courante chez les bons époux.

Omar eut un sourire en se remémorant ce que lui avait confié Mustapha : il ne pouvait pas tromper sa femme parce qu'il n'avait connu l'amour heureux qu'avec elle. Puis, en suivant des yeux les mouvements harmonieux du corps élancé, il ne tarda pas à se distraire de ce qui se passait autour de lui. Il aima son sourire comme il avait aimé les cyprès.

La main tendue de Yazbek prenant congé d'eux le tira de ses rêveries. Sitôt le gérant parti, Mustapha le fixa du regard et lui dit :

— Attention ! il est rare que l'on rencontre l'ivresse de l'amour dans ce genre d'endroit.

— Il suffit de persévérer !

— Tu sais, à chaque fois que je vois Zaïnab, ces derniers temps, je me sens coupable.

— Il y a des douleurs plus violentes que le remords… Puis, comme Mustapha évoquait les ennuis des aventures amoureuses : A chaque fois que je vois une femme, il me semble que je vois la vie sur deux pieds…

Warda arriva, marchant d'un pas vif. Elle avait une allure tout à fait naturelle. De ses grands yeux gris, elle posa sur lui un regard pénétrant. Une agréable odeur de jasmin se répandait d'un bouquet accroché à son bracelet. Elle lui serra la main en disant :

— J'ai enfin trouvé un homme que je ne regarderai pas de haut !

Elle prit place entre les deux hommes et secoua la main, laissant tomber les fleurs de jasmin sur la nappe rouge. On servit le champagne et les bulles pétillèrent dans les coupes. Warda ne montra aucune frivolité, mais on pouvait lire dans ses yeux une bonne disposition à la détente et à la gaieté. Elle fit un sourire familier à Mustapha, qui laissait entendre qu'ils ne se connaissaient pas de la veille. Elle écouta les compliments attendus sur sa beauté et ses talents de danseuse, mais elle continua à regarder Omar avec beaucoup de déférence. Celui-ci l'examina soigneusement en se demandant ce qu'il pouvait espérer de ces beaux yeux gris. Il n'était pas venu là parce qu'il était amoureux, mais parce qu'il voulait l'être. Et cette peau claire, cette odeur agréable, ces longs cils ensorcelants !

— Alors c'est vous le grand avocat ?

— Ça n'a aucune importance, à moins que vous n'ayez des problèmes.

— Mes problèmes ne relèvent pas de la justice, hélas !

— Et pourquoi "hélas !" ?

— Parce que vous auriez pu les résoudre…

Mustapha intervint en riant :

— Vous savez, notre ami est digne de confiance aux tribunaux comme ailleurs.

Il regarda avidement son long cou entouré d'un petit collier de perles, le haut de sa large poitrine, ses lèvres épaisses et sensuelles, ses yeux, qui distillaient des regards langoureux. Une sensation étrange, envahissante, s'empara de son être. Il fut submergé par un désir intense et indéfini, comme celui qui le prenait au petit matin. Il aurait aimé s'adresser à elle du fond du cœur, directement, sans détours et trouver auprès d'elle, à défaut de la fameuse ivresse, la brûlure magique du sexe, l'orgasme fulgurant, le nectar de la vie concentré en un moment unique et éphémère.

Le temps commençait à lui paraître long. Il en avait assez des longues attentes, des titillations de l'aventure, de l'excès de boisson, de l'odeur des fleurs de jasmin écrasées sous le verre, du regard consentant de Warda, de l'étoile qui scintillait à travers un trou dans la tonnelle. Quand la soirée commençait à tirer sur sa fin, il lui dit :

— Si on y allait ?

Mustapha prit congé d'eux et s'en alla. Warda fut impressionnée par la Cadillac imposante comme une belle villa.

— Où habitez-vous ? demanda-t-il.

— On ne peut pas aller chez moi, répondit-elle, vous n'avez donc pas de maison ?

— Elle abrite une épouse et deux filles…

— Alors, raccompagnez-moi chez moi à la manière des romantiques.

Il prit la route des Pyramides, conduisant à vive allure. Il stationna dans un endroit complètement désert, comme lors de la nuit de Margareth. Le dernier quartier de lune était sur le point de disparaître derrière l'horizon. Il la prit dans ses bras et lui donna un baiser rapide, en guise de prélude. Puis, ils échangèrent un long baiser empli d'une passion ardente.

— C'est bon comme ça, murmura-t-elle dans un soupir.

Il l'enlaça avec une ferveur immense en lui caressant les cheveux éclairés par la lune et, d'une voix étrange, haletante, il balbutia : "Quand l'aube poindra."

Il colla sa joue contre la sienne et ils se mirent à regarder la lune déclinante, admirant la pâle lueur qui baignait les sables. Elle disparaîtra bientôt complètement, bien avant que le cœur n'étanche sa soif. Aucune force n'est capable de faire durer ce moment divin, ce moment qui, un jour, conféra à l'univers un nouveau mystère. Et te voilà frappant à sa porte, implorant ! Tendant tes mains ouvertes, adressant des prières à l'obscurité et à l'horizon. Où va donc se cacher la lune ? Peut-être qu'une lumière jaillira dans ta poitrine à la manière de l'aube qui point pour déloger la peur du néant !

— Est-ce que vous êtes romantique ? demanda-t-elle.

— Absolument pas !

— Et vous n'êtes pas de ceux qui battent les femmes ? reprit-elle sur un ton badin.

— Ni les femmes, ni les hommes !

— Ça va, alors.

— Mais je suis en train de préparer un meurtre !

— A cause d'une femme ?

— Pas du tout.

— Il ne faut pas parler ainsi au clair de la lune !

— C'est moi-même que je vais tuer.

— Dans mes bras ?

— Dans vos bras.

— Au clair de la lune ?

— La lune ne va pas tarder à se coucher…

De retour chez lui, il fut accueilli par le regard figé de Zaïnab dès qu'il alluma la lampe.

— Bonsoir, dit-il froidement.

— L'aube s'est déjà levée, répondit-elle nerveusement.

— Eh bien, qu'elle se lève !

Elle s'assit sur le lit, les paupières gonflées, affligée, en proie au désespoir.

— Tu ne m'as pas habituée à ce ton.

Il mit son pyjama en silence.

— Jamais ! reprit-elle.

— C'est ça la maladie, murmura-t-il, consterné.

— Et comment pourrais-je supporter cette vie ?

— Ecoute, mes journées sont déjà empoisonnées, ne m'empoisonne pas mes nuits.

— Les filles me posent des questions.

— Il nous faut un peu de doigté pour affronter la situation.

— Si au moins j'avais où aller, dit-elle en se tournant vers le mur.

Il éteignit et s'allongea sur le lit en fermant les yeux. Les premiers bruits du matin ne tarderont pas à se faire entendre.

Des larmes sont sans doute en train de couler à côté de toi. La trahison est là, terrée comme un insecte. Dans quelques instants, l'univers s'anéantira. Coupée de tout, elle n'a plus que toi. D'où te vient toute cette détermination ? Les moments d'enchantement de la nuit ne sont qu'un éclair, comment donc combler le vide de la vie ?

Vendredi, il alla voir Bouthaïna au balcon pendant qu'elle était en train d'arroser les fleurs. Comme il la regardait avec un sourire embarrassé, elle accourut vers lui et lui tendit sa joue à embrasser. Mais malgré son air ravi, il put lire dans son regard fuyant des reproches inexprimables.

— Tu m'as beaucoup manqué !

— Je suis vraiment désolé, dit-il d'un ton contrit, mais je fais tout pour guérir et j'ai besoin d'un peu de compréhension. Et comme elle retournait à ses fleurs, il demanda : Et toi, tu vas bien ?

— Oui, ça va, dit-elle. Puis, après un moment d'hésitation : Mais maman ne va pas bien.

— Il y a de quoi, mais tout ira mieux avec un peu d'indulgence.

Elle montra du doigt une fleur de jasmin à peine perceptible et dit, toute contente :

— C'est la première ! Elle est toute petite, mais elle sent très bon. Veux-tu que je te la cueille ?

9

Aller au bureau tous les jours était devenu une véritable angoisse. Quel lieu étrange, absurde ! Quand aurait-il le courage de le fermer définitivement ? Son adjoint lui déclara : “Tous les jours je dois présenter des excuses aux uns ou aux autres, à propos de telle ou telle affaire. La profession est dans une mauvaise passe ; et si ça continue comme ça, je n'aurai bientôt plus de travail.” A vrai dire, Omar ne faisait plus rien. Il se contentait de donner quelques conseils, de jeter un dernier coup d'œil sur des dossiers déjà traités. Il avait l'impression que des regards sombres, sortant des murs, le fixaient. Il trouvait l'atmosphère lourde, étouffante.

Dehors, il se sentit plein d'énergie à l'idée d'aménager le nouvel appartement, place Soliman-Pacha.

— Je suis heureux de nous construire un petit nid, annonça-t-il à Warda alors qu'ils étaient installés sous la tonnelle du Capri. Les pyramides, ça ne vaut rien en hiver.

— Mais est-ce que mon charme durera jusqu'à l'hiver ? dit-elle en secouant les épaules au rythme de la musique de jazz.

Il leva son verre de champagne :

— Au charme éternel !

Il aperçut au loin Yazbek contrôlant du regard tout ce qui se passait dans son établissement. Il le salua d'un sourire, puis il posa sa main sur celle de Warda en disant :

— Je lui dois une fière chandelle !

— Il est effectivement sympathique pour quelqu'un de son métier, mais, au fond, il est aussi cupide que les autres.

— Mais je ne suis pas un client ordinaire, je suis un client à champagne !

— C'est de la folie de venir tous les soirs, dit-elle en fronçant gentiment les sourcils.

— Dois-je prendre cela pour un accès de sollicitude ?

— Interroge plutôt les pyramides, répondit-elle malicieusement en braquant ses yeux sur lui.

— Un bon témoin en effet. Pour moi, ce n'est pas une question de charme, comme on disait tout à l'heure, c'est...

— Ne le nomme pas, laisse-le parler de lui-même, dit-elle en l'interrompant d'une douce pression sur la main. C'est mieux comme ça.

— Tu es ravissante, exquise !

— Et je me méfie des mots. N'oublie pas que j'étais comédienne !

— Et une grande dame, au vrai sens du mot.

— Merci, mais l'art a plutôt une mauvaise réputation. Ça m'a valu une rupture avec ma famille. Heureusement que je n'avais ni père, ni frère !

Il demeura un moment songeur, puis :

— Je pense qu'il vaut mieux être comédienne que danseuse au Capri.

— Je n'avais pas montré suffisamment d'intérêt pour le théâtre et, en plus, on m'a dit que je n'étais pas très douée. Par contre, la danse m'a toujours passionnée. Alors il y a eu *Le Capri* et tout ce qui s'ensuit...

— Mais tu as un cœur en or, dit-il avec enthousiasme.

— On ne me l'a jamais dit.

Il fit appel à plusieurs artisans pour aménager le nouvel appartement : le mobilier, le bar, la décoration, les bibelots, etc. Dans un temps record, la petite merveille était prête : une entrée, une salle à manger, une chambre à coucher et un salon oriental sorti tout droit de l'univers des *Mille et Une Nuits*. Il dépensa sans compter, comme s'il devait se débarrasser d'une tumeur financière qui l'indisposait.

Il fit faire le tour du propriétaire à son ami Mustapha, qui fut ébahi par ce qu'il voyait ; et lorsque celui-ci le fixa des yeux, stupéfait, il s'écria :

— Au lieu de me faire des reproches, parle-moi plutôt du sens de la vie !

— La vie ?

— Oui, la vie. Je cognerai partout sur le mur plein jusqu'à ce qu'il me renvoie un son creux pour me signaler l'emplacement du trésor.

Résigné, Mustapha leva les bras en disant :

— Certaines folies ont du charme.

— Je n'ai jamais trouvé à la vie le goût que je lui trouve depuis quelque temps. Alors, mon vieux, je me fiche de tout !

— Yazbek est très inquiet ces derniers temps, dit Mustapha dans un sourire, ce qui prouve la sincérité de la jeune fille.

— Ou bien elle est entièrement sincère, ou bien elle est une comédienne hors pair.

— Tu sais bien que c'est une comédienne ratée !

Quant à elle, elle était complètement éblouie lorsqu'elle vit l'appartement pour la première fois. Elle s'écria, émerveillée :

— Quel luxe ! Quel goût ! Tu exagères un peu quand même !

— Mais c'est notre nid d'amour ! dit-il en la couvrant de baisers.

— Oui, mais je ne veux pas te ruiner, il faut que tu me comprennes bien.

— Si je ne te comprenais pas bien, je n'aurais rien fait.

— Je te laisse la responsabilité de ta compréhension, dit-elle dans un rire plein de coquetterie.

— Et les pyramides ?

— Quand la brûlure du feu nous fait crier, cela ne veut pas dire que les cris sont inscrits dans notre nature.

Il s'allongea sur un canapé et dit :

— Mustapha m'a appris que Yazbek s'inquiétait.

— Oui, je lui ai signifié que je refusais de sortir avec qui que ce soit. Qu'il aille au diable !

— Qu'il aille où il veut !

— Mon travail au Capri se limitera à la danse, et c'est tout.

— Dis-moi, serais-tu d'une essence rare ?

Elle se dirigea vers la salle de bains en disant :

— Il fait chaud aujourd'hui ! Je vais inaugurer la salle de bains, ça va me rafraîchir.

Il se changea. Il pensa qu'une gallabeya irait mieux avec le salon oriental que le pyjama. Il parcourut la belle pièce du regard avec une grande satisfaction. Il se dit que son bonheur finirait bien par lui apporter la guérison, même s'il faisait quelques entorses à son régime. D'humeur badine, il cria à l'adresse de Warda :

— Que te fait l'eau de la douche ?

— C'est une vraie coquine, tu sais ! dit-elle de derrière la porte.

Elle sortit de la salle de bains emmaillotée dans une grande serviette et se dirigea vers la chambre à coucher, puis tira la porte derrière elle. Il ferma les yeux satisfait. Que ce nid d'amour soit le théâtre de nouveaux moments d'ivresse comme ceux qu'il venait de vivre aux pyramides ! Ses désirs vont enfin se réaliser, même s'il a fallu devenir dur et insolent, sacrifier des êtres chers… Pourvu qu'elle ne parte pas d'une manière inopinée comme était partie Margareth ! Un collègue, avocat de renom, t'avait fait remarquer au bureau : "Dis donc, je te trouve un peu trop élégant, ces derniers temps, pour un avocat respectable !" Et tu avais répondu en riant : "Mais pas assez pour un avocat heureux !” Et quand tu lui avais envoyé un regard soupçonneux, digne de l’homme frivole qu’il était, il préféra changer de sujet et se mit à parler politique, sujet qu’il affectionnait. “Que font les gens ces derniers temps ?” demanda-t-il. Tu répondis comme si ton collègue n’avait pas changé de sujet : “Ils cherchent l’ivresse éperdument !” Mais il n’avait rien compris. Ce n’était qu’un coureur de jupons. Pas toi. Tu n’es pas un débauché. “Ne vivons-nous pas tout en sachant que Dieu peut mettre un terme à notre vie à n’importe quel moment ?” Mais qui fait la différence entre un bourreau des cœurs et un amoureux passionné ? Qui pourrait croire que tu as érigé un temple à la luxure ?

Elle entrouvrit la porte de la chambre et montra la tête en disant :

— Le maquillage risque de prendre encore du temps et j’ai besoin d’un baiser de toute urgence !

Il alla vers elle, lui prit le visage entre les mains et appliqua un long baiser sur les lèvres jointes qui s’avançaient vers lui, en se délectant de l’odeur parfumée du savon et de celle, encore plus agréable, de sa peau. Il dit dans un murmure :

— Je peux entrer ?

— Pas si vite ! dit-elle en le repoussant tout en riant, tu n’es pas un primaire ?

Il retourna s’allonger sur le divan. Devant lui, se dressait un meuble où étaient installés un poste de radio et un téléviseur. Il se leva, les alluma tous les deux en même temps, joyeux comme un enfant. Il en résulta un tohu-bohu où se mêlaient une discussion sur la délinquance juvénile et des chansons demandées par les auditeurs. Il éteignit les deux appareils et, sans se départir de son espièglerie, il s’avança vers la chambre et se mit à tambouriner contre la porte fermée.

— Oui ! répondit Warda.

— Je t’aime.

— De tout mon cœur.

— Quel est ton vœu le plus précieux dans la vie ?

— L'amour.

— Est-ce que tu as jamais réfléchi sur le sens de la vie ?

— Elle n'a de sens que dans l'amour.

— As-tu fini de te maquiller ?

— Bientôt.

Voulant prolonger le jeu, il demanda :

— Chérie, ça ne te dérange pas qu'on soit là à dire des bêtises, alors que le monde autour de nous est tout sérieux ?

— Tu ne vois pas qu'on est en train de faire des choses sérieuses, alors que le monde autour de nous fait des bêtises ? rétorqua-t-elle, hilare.

— D'où sors-tu cette éloquence ?

— Tu ne tarderas pas à le savoir.

Oui, lorsque la nuit enroulera ses voiles et que l'aube commencera impitoyablement à poindre et qu'il faudra inévitablement regagner la sinistre chambre où tu seras coincé entre deux yeux tristes et un mur aveugle. Tu auras droit aux discours édifiants, aux récriminations cinglantes comme un vent chaud. Cette fois-ci, tu seras ferme, cassant. A la mesure de la répulsion qu'elle t'inspire. "Laisse-moi tranquille !" Tu te boucheras les oreilles à tout discours. "Tu vas me laisser tranquille enfin ?... Eh bien ! ça va être comme ça, aujourd'hui, demain et tous les jours !... Tu n'as qu'à t'y faire !... Ne mêle pas les enfants à nos affaires !... Ça ne sert à rien de s'entêter ! Je ferai ce qui me plaira !" Quand elle te demandera des explications sur ta nouvelle conduite, sois inflexible ! "Tu penseras ce que tu voudras, j'en ai assez !"

La porte s'ouvrit enfin. Warda parut, plus belle que jamais.

— Comment me trouves-tu, chéri de mon cœur ?

Il la regarda longuement, le souffle coupé, puis, dans un murmure :

— Laisse-moi former une phrase que personne n'a encore proférée.

10

Elle s'installa en face de lui sur le balcon, comme à leur habitude les jours de congé. Détendu, il se dit à lui-même qu'il ne l'avait pas vue de toute la semaine. Le soleil, dont les rayons se reflétaient sur les eaux du Nil, baignait d'une lumière douce son giron et ses jambes. Il s'étonnait de ne plus se rappeler grand-chose de son enfance : était-elle coquine et espiègle comme Jamila, sa cadette ? En tout cas, c'était maintenant une belle jeune fille, intelligente, travailleuse, très élégante et… poète. Le portrait de sa mère autrefois ? Oh ! il vaut mieux ne pas trop y penser.

— Tu es trop sérieuse pour une poétesse !

Jamila se dressa sur ses ergots et, debout sur le seuil du balcon, elle protesta énergiquement :

— Poétesse !

Il la menaça du doigt et revint vers Bouthaïna dont la mine grave devait, il le craignait, cacher quelque remontrance.

— Tu es trop maigre alors que ta sœur serait plutôt trop grosse. Je me demande ce que tu manges, toi, et ce qu'elle mange, elle !

— Ce qu'elle mange ? s'écria de nouveau Jamila.

Oum Mohammad, la bonne, arriva et emmena la petite fille malgré son refus de partir.

— Maman est malade, dit Bouthaïna.

— Maman va bien, parle-moi plutôt de toi.

— Rien de particulier, mais maman ne va vraiment pas bien.

— Ah ! On ne te laissera jamais tranquille dans cette maison. Dis-moi, il n'y a vraiment que la poésie, le sport et la chimie qui t'intéressent ? Et Dieu est-il toujours ton seul objet d'amour ?

— Ça ne te plaît pas qu'on parle de maman ?

— Elle ne me comprend plus dans ma maladie, dit-il, renfrogné.

Pour fuir son regard qui croisa le sien, il se tourna vers le Nil, résigné.

— Et le docteur...

Il l'interrompit avec une douceur qui cachait mal son agacement :

— En vérité, c'est moi le docteur, et personne d'autre.

— Je te demande pardon, mais tu m'as habituée à être franche avec toi.

— En effet !

— Effet ! répéta la voix criarde de Jamila, qui était déjà de retour.

Il empoigna la gamine et la confia à Oum Mohammad qui vint la chercher.

— Est-ce que nous te causons de si grands ennuis ?

— A Dieu ne plaise ! Mais on peut partir parce qu'on ne se supporte plus soi-même.

— Tu sais, maman pleure beaucoup et c'est très pénible.

— Tu devrais lui prouver qu'elle a tort.

— Mais tu ne la traites plus comme avant, reprit-elle en jouant avec son bracelet en or, et tu lui as déclaré brutalement que tu allais faire ce qui te plairait.

— Elle t'a parlé de ça aussi ?

— Je suis sa seule confidente, tu le sais bien.

Son cœur se serra, et dans un murmure :

— C'était sous l'emprise de la colère, comme tu peux t'en douter.

— Sache en tout cas qu'elle est prête à soulager tes peines dans la mesure de ses possibilités.

— Elle ne peut pas faire grand-chose.

Elle hésita quelques instants, puis :

— Tu ne penses pas qu'elle croit peut-être...

— Ne vaudrait-il pas mieux que tu me montres tes dernières poésies ?

— Rien de nouveau.

— Mais ton adoré n'a pas cessé de t'inspirer...

— Elle croit peut-être... enfin, tu sais ce que je veux dire ?

— Je vois qu'elle te confie même ses angoisses ridicules.

— Je suis vraiment triste, papa !

— Elle fabule complètement, c'est stupide !

— Je te crois volontiers, papa, dit-elle avec impatience. Tu as toujours été un modèle de sincérité. Il ne s'agit donc que de fantasmes ?

Te voilà bien coincé !

— Ta mère t'importune plus qu'il n'est permis.

— Dis-moi que ce ne sont que des fantasmes.

Il lui lança un regard plein de reproches qu'elle esquiva en se tournant vers le Nil.

— Il n'y a pas une femme au milieu de tout ça ?

— Une femme ! répéta la voix de la petite fille, qui était encore de retour.

Cette fois, il préféra la garder près de lui. Il l'installa dans son giron, comme s'il cherchait auprès d'elle une certaine protection et se mit à la caresser d'une manière assez rude, comme il convient avec une grande coquine.

Cependant, Bouthaïna devenait de plus en plus impatiente :

— Je veux une réponse, papa !

— Tu n'as plus confiance en ton papa ?

— Je te croirai volontiers, mais parle ! Je t'en prie, donne-moi une réponse !

— Il n'y a personne !

Le visage de Bouthaïna resplendit de satisfaction, tandis que son cœur à lui se serra ; dans les yeux de la jeune fille luisait une joie triomphale, tandis que le monde s'assombrissait dans ses yeux à lui.

L'automne était là, qui dictait sa loi à l'atmosphère. Un jaune pâle teintait les cimes des arbres. Des nuages moutonnés reflétaient leur blancheur pure sur la surface plombée du fleuve. Une musique inaudible se diffusait dans l'espace morne, l'emplissant d'une douce mélancolie. Des questions épuisantes pour lesquelles il n'avait pas de réponses. Son mensonge l'écrasait de son poids, menaçant de l'anéantir. N'en pouvant plus, il alla voir Mustapha dans son bureau, au siège de la revue où il travaillait. Ils reprirent leur vieille discussion, sans aboutir à quoi que ce soit.

— Je suis rentré dans ton jeu, commença Mustapha, et je ne t'ai jamais ménagé mon soutien dans l'espoir que tu comprennes la vanité de toute cette entreprise, mais te voilà qui fais naufrage !

— Sais-tu, s'écria Omar, que je suis en train de vivre une œuvre d'art comme celles que tu voulais ardemment créer ?

Mustapha finit de rédiger un papier qu'il avait sur son bureau et l'envoya à l'impression, puis, reprenant la discussion :

— Justement, j'ai souvent eu l'impression que ton malaise n'est que le symptôme d'une œuvre d'art refoulée !

— Non, rétorqua-t-il en secouant la tête dans un geste désapprobateur, ce n'est pas d'art qu'il s'agit. Mais c'est peut-être ce qui nous pousse à recourir parfois à l'art.

— Peut-être, dit Mustapha après un moment de réflexion, que si nous étions de ces savants capables de passer vingt ans de leur vie à résoudre une équation, nous ne serions jamais malheureux.

Omar hocha longuement la tête comme pour exprimer un grand regret :

— Peut-être que le secret de mon malheur, c'est que, moi aussi, je cherche à résoudre une équation. Mais le problème, c'est que je n'ai aucune aptitude scientifique.

Mustapha, s'esclaffant :

— Et puisque le temps des révélations divines est révolu, il ne reste plus pour les gens comme toi que la mendicité !

— En effet ! D'ailleurs, je ne fais que ça ! De jour comme de nuit. La lecture aride, la poésie stérile, les prières païennes au cabaret, les tentatives de ranimer, avec des aventures infernales, un cœur qui ne bat plus.

Mustapha parla de Zaïnab et de sa souffrance : une femme délaissée qui attendait un enfant toute seule... Oui, elle devait bien souffrir. Mais pourquoi était-il devenu si insensible à cette souffrance ? Il était prêt à tout lui donner, à condition qu'elle le libère des chaînes d'un amour mort. Oui, il y a bien une femme, puisque tu tiens à le savoir. La répulsion avait poussé sur le sol marécageux de la morale traditionnelle et de la fadeur du quotidien. La fortune, le succès social ? Plus rien à espérer de ce côté-là. Tout avait moisi. Il se sentait comme enfermé dans un récipient rempli d'un liquide putride. Son cœur était encombré de mauvaises graisses, engourdi d'abrutissement. La fleur de la vie était fanée, elle avait perdu tous ses pétales, un à un, pour finir à la poubelle. Tu pourras sangloter tout ton saoul, va ! Mais tu finiras bien par accepter le fait accompli. L'ennui avait eu raison de tout. Les bases de l'existence étaient sapées. Il disait à cet homme : "Imaginez un instant que vous gagniez le procès et que vous rentriez en possession du terrain, mais que l'Etat le confisque aussitôt !" Et l'autre de répondre : "Ne vivons-nous pas tout en sachant que Dieu peut mettre un terme à notre vie à n'importe quel moment ?"

Il était dans son bureau, relisant une note sans grand enthousiasme lorsqu'on lui annonça monsieur Yazbek. L'homme entra, précédé de son gros ventre. Il s'inclina obséquieusement, puis s'assit en disant :

— Je passais par la place des Fleurs, alors je me suis dit : si on allait dire bonjour à Omar Bey !

— Dites plutôt que vous êtes venu de l'autre bout du monde pour me parler de Warda, dit Omar, un sourire sarcastique sur les lèvres.

— Notre grand avocat n'ignore pas que mon jardin est plein de Wardas* !

— Très bien, alors pas un mot sur Warda !

Il eut un large sourire, puis :

— Ce serait idiot d'imaginer que je puisse vous battre, alors allons-y par le plus court chemin.

— Je vous écoute.

Ses paupières s'alourdirent tout à coup, et d'un ton sérieux :

— Warda ne s'acquitte plus de ses obligations.

— A-t-elle d'autres obligations à part la danse ?

— Monsieur, le soir où vous avez honoré *Le Capri* de votre visite, vous n'étiez pas venu pour danser ou pour regarder Warda danser, que je sache !

— Et alors ?

— Je me suis dit : adressons-nous au grand monsieur, cela pourrait s'arranger.

Omar se renfrogna et ne dit mot.

— Le travail, c'est le travail, mon cher monsieur ! reprit l'autre. Et je voudrais…

— A votre aise, monsieur Yazbek, finit par lâcher Omar froidement.

— Je ne voulais pas vous être désagréable.

— Vous êtes excusé d'avance.

Yazbek inclina le front en signe de remerciement.

— Je vous promets, dès à présent, que je la réengagerai dès que vous n'aurez plus besoin d'elle.

— Vous n'aurez pas à le faire, monsieur Yazbek.

— Il ne me reste plus alors qu'à vous présenter mes meilleurs vœux de bonheur.

Yazbek s'apprêtait à se lever pour partir, mais Omar, obéissant subitement à une de ses impulsions extravagantes, lui fit signe de rester encore un peu.

---

* *Warda* signifie "rose" en arabe. *(N.d.T.)*

— Dites-moi, monsieur Yazbek, que signifie la vie pour vous ?

Interloqué, le bonhomme leva ses sourcils dégarnis ; et devant la mine sérieuse de l'autre, il dit :

— La vie, c'est la vie…

— Etes-vous heureux ?

— Dieu soit loué ! Il y a des périodes de marasme de temps en temps ; il arrive aussi qu'une fille ou l'autre tombe amoureuse, ce qui se traduit par une perte sèche pour l'établissement. Mais, à part ça, je n'ai pas à me plaindre.

— Vous vivez bien, d'accord. Mais, tôt ou tard, vous allez mourir, n'est-ce pas ?

— Evidemment ! En attendant, j'ai une belle maison, une femme extra, un fils qui fait des études de chimie en Suisse où il va rester vivre…

— Croyez-vous en Dieu ? demanda-t-il encore en souriant.

— Mais bien sûr ! Quelle drôle d'enquête !

— Pouvez-vous me dire alors ce que c'est que Dieu ?

Yazbek partit d'un rire tonitruant. Amusé par l'étrangeté des questions de Omar, il se détendit complètement.

— Cette idylle avec Warda va durer longtemps ? s'enhardit-il à demander.

— Bien sûr !

— Ne serait-il pas possible…

Omar ne le laissa pas aller plus loin.

— Je vous promets que si vous me dites ce que c'est que Dieu, je vous la rends tout de suite !

L'homme se leva, exécuta une nouvelle courbette et dit avant de partir :

— Je serai toujours votre serviteur.

11

Plein de gratitude, il lui donna un baiser passionné.

— C'est un gros sacrifice que d'abandonner ton travail.

— Je l'ai fait pour toi, dit-elle, les larmes aux yeux.

Le salon oriental baignait dans une atmosphère de tendresse, douce et langoureuse. Jamais, déclarait-il, je n'aurais imaginé que je t'aimerais tant. De la poche de sa robe, elle sortit une petite boîte bleu noir et la lui tendit timidement. C'étaient des boutons de manchette en or. Il poussa un cri de joie comme s'il n'avait jamais eu d'objet en or.

— Mon amour !

— Les boutons, comme tu vois, sont en forme de cœur.

— C'est que tu as un cœur en or, comme je te l'avais déjà dit.

Elle se mit à lui démêler sa chevelure épaisse avec les doigts, puis :

— Pourquoi as-tu apporté tes habits ?

Son visage s'assombrit. Et d'une voix, qui avait perdu ses accents amoureux, il dit :

— J'ai décidé de quitter le domicile conjugal définitivement…

— Non ! s'écria-t-elle, tout étonnée.

— C'est la seule solution.

— Je t'avais dit que je ne voulais pas te compliquer la vie.

— Parlons d'autre chose.

Dans le silence du petit matin, une atmosphère tendue régnait dans la chambre conjugale. De ses yeux cernés, elle lui jeta un regard plein de colère et de désespoir. Que la hargne est hideuse sur un visage ami qui vous a tenu compagnie vingt ans durant !

— Ne t'avais-je pas conseillé de te faire à l'idée de la séparation ?

— Dis plutôt que tu es en train de t'acoquiner avec une femme de mauvaise vie.

— Cesse de crier, tu vas réveiller les enfants.

— Regarde le rouge à lèvres qui souille ton mouchoir, c'est dégoûtant !

Aveuglé par la colère, il s'écria :

— Soit ! et après ?

— Ta fille est en âge de se marier.

— Je ne fais que me défendre contre la mort.

— Tu n'as pas honte ? J'ai honte pour toi.

— Accepter la mort, c'est encore plus honteux, dit-il d'un ton plus rageant.

Elle éclata en sanglots en cachant la tête dans ses mains et, d'une voix étranglée, elle dit :

— Il m'a fallu vingt ans pour découvrir que tu n'es qu'une ordure.

— Alors, séparons-nous définitivement ! s'écria-t-il, hors de lui.

— Et je serai condamnée à errer…

— Non, c'est moi qui partirai. Tu resteras ici, chez toi.

Il s'affala sur un fauteuil dans le salon, les yeux fermés, accablé. Un bruit le tira de sa torpeur. Il leva la tête. Bouthaïna se dressait devant lui, les yeux ensommeillés, le visage blême. Ils s'observèrent en silence dans une atmosphère tendue, chargée de reproches et de sentiments de culpabilité. Le souvenir de ce détestable mensonge lui vint à l'esprit, et il se sentit oppressé, pour la première fois de sa vie, par une honte incommensurable.

— Je suis désolé de t'avoir dérangée, Bouthaïna !

La jeune fille ne dit mot. Elle supportait sa douleur en silence. A quoi bon parler ? Mais la moue qu'elle faisait exprimait clairement ses blessures d'amour-propre.

— Ta mère restera à la maison entourée de tous les égards qui lui sont dus, dit-il en espérant qu'elle n'éclate pas en sanglots. Tu sais, partir, ça ne fait plaisir à personne. Mais de deux maux, il faut choisir le moindre.

Elle le regarda tristement dans les yeux et finit par dire :

— Mais, papa, tu m'avais dit qu'il n'y avait pas d'autre femme dans ta vie.

— Je pensais qu'il était indécent de te dire la vérité, soupira-t-il, meurtri.

— Pourquoi ?

— Restons amis, je t'en supplie !

Elle partit, le laissant seul avec sa peine. Il ne pouvait envisager de la revoir avant qu'elle ne lui ait pardonné.

— Je suis sûre que tu regretteras cette décision, lui fit remarquer Warda.

— Non, je ne regretterai pas, dit-il. Je ne pouvais plus supporter cette vie mensongère.

Elle réfléchit un moment, inquiète, puis :

— Comme j'ai peur de ne pas te rendre heureux !

— Mais je suis déjà heureux.

Il s'abandonna à son bonheur, chassant de son esprit toute idée contrariante. Il s'attendait dès le début à la désapprobation de Mustapha, mais il lui résista fermement. "Je suis heureux ! lui dit-il. Tu as quelque chose contre ? Même la poésie commence à se réveiller en moi !" Il retrouvait un certain intérêt pour le travail, même s'il était resté réticent à accepter de nouvelles affaires. Pendant ses moments de liberté, il appelait sa bien-aimée pour se ressourcer. Sa journée finie, il accourait au nouveau foyer dont Warda faisait une petite merveille. Elle l'accueillait, le visage rayonnant de bonheur. Le salon oriental avait pour eux un attrait de prédilection, aussi y passaient-ils le plus clair de leur temps. Ils allaient parfois se promener dans les alentours du Caire, aux rendez-vous des amoureux. D'autres fois, ils faisaient des excursions nocturnes au Fayoum ou au Relais de la route du Désert. Quand elle sut qu'il était poète et qu'il aspirait à renouer avec la poésie, elle se mit à l'encourager en récitant tout ce qu'elle avait appris à l'Institut d'art dramatique : les pièces en vers de Chawqi et une foule de poèmes galants. Il était en admiration devant cette passion pour la poésie, mais il restait quelque peu réticent aux encouragements empressés de son amie. "La poésie, c'est beau, lui disait-il, mais c'est encore plus beau de la vivre."

Un jour, elle lui dit :

— Tu ne m'as jamais interrogée sur mon passé.

Ce à quoi il répondit en l'embrassant :

— Quand on reçoit la bénédiction de l'ivresse, on n'a plus besoin de rien demander. On est empli de certitude.

Mais elle tenait à parler de son passé :

— Mon père était professeur d'anglais, un de ces professeurs que les élèves n'oublient jamais. S'il avait été en vie lorsque j'ai exprimé mon désir de m'inscrire à l'Institut d'art dramatique, il m'aurait encouragée et bénie. Par contre, ma mère est une vraie bigote, très bornée. J'ai donc dû lui désobéir pour faire mes études. Et quand j'ai décidé de devenir danseuse professionnelle, elle m'a houspillée. Tous mes oncles ont pris son parti, aussi bien ses frères à elle que le frère de mon père, un vieil homme. C'était la rupture, il ne me restait plus qu'à partir.

— Et comment tu as fait pour vivre seule ?

— Une copine, comédienne, m'a offert de partager son appartement.

Il se mit à lui caresser la main ; il admirait son courage.

— Et tu aimais la danse dès le début ?

— Oui, mais j'aspirais à devenir comédienne. J'ai fait tout mon possible, mais sans succès. J'ai donc dû revenir à ma première passion.

— Et est-ce que Yazbek s'est emparée de toi ? demanda-t-il en prenant soudain un air sombre.

— En vérité, il est loin d'être le pire ; par ailleurs, je savais bien ce que ça voulait dire, travailler dans un cabaret. Puis, sur un ton chaleureux et sincère : Mon premier amour, mon seul amour, c'est toi !

Il la serra contre lui, plein de gratitude, puis :

— Pourquoi tu n'es pas retournée chez ta mère après ton échec en art dramatique ?

— C'était trop tard ! Et puis j'avais mon amour-propre, que mon échec n'a fait qu'exacerber.

L'échec ! On a beau enterrer cette malédiction, on ne réussit jamais à la terrasser. Que c'est terrible de ne pas être entendu ! L'amour du mystère de l'existence finit par dépérir, et l'existence elle-même perd son mystère. Et un beau jour, la déception déferlante jette tout l'édifice à bas.

Poussés par l'inquiétude, son oncle et sa sœur unique lui rendirent visite à son bureau. Ils le suppliaient de ne pas épouser "la danseuse". Son oncle, le juge Husseïn Karam, lui dit : "Si tu continues cette relation, tu ne seras jamais magistrat !" Ce à quoi il répondit sur un ton plutôt cassant : "Je n'y ai jamais pensé, ça ne m'intéresse pas du tout."

Il défendit son bonheur bec et ongles, mû par toute la force du désespoir qui lui avait empoisonné la vie. Il avait l'air d'un enfant gai et jovial.

Mustapha lui demanda un jour en riant :

— Tu pourrais peut-être nous parler du sens de la vie maintenant ?

— Cette question ne nous harcèle, répondit-il dans un éclat de rire, que lorsque nos cœurs sont vides. Un récipient plein ne peut pas sonner creux. L'ivresse, mon vieux, il n'y a que ça de vrai ! Tout ce que j'espère, c'est que l'amour me prodiguera une ivresse perpétuelle.

— Parfois je te plains, parfois je t'envie, commenta Mustapha – une lueur triomphale parut dans les yeux de Omar. J'ai une vie bien occupée, continua-t-il, et j'ai beau foncer à toute allure, il m'arrive, certains jours quand le khamsin se met à souffler, d'avoir le cœur serré au souvenir du vieil échec et de me demander si la vie a un sens ; mais je m'empresse de refouler tout cela au fond de mon âme comme un sentiment de honte.

Un coup de vent hivernal éclata, faisant claquer violemment les volets des fenêtres du bureau ; et en un rien de temps, le ciel se déroba et il fit nuit. L'homme, dont la calvitie bravait le froid, reprit :

— Pourquoi chercher plus loin ? Avant, c'était la foi qui donnait un sens et une cohérence à notre vie. Et comme la nature a horreur du vide, nous essayons maintenant de le combler par tous les moyens. Hier, à un moment de détresse, j'affirmais que mes chroniques artistiques avaient un sens, que mon émission radiophonique sur le passé et le présent avait un sens, que mes dramatiques à la télévision avaient un sens et que, par conséquent, je n'avais plus à me poser des questions.

— Quel héros, dis donc !

Mustapha continuait à énumérer la liste de ses prouesses :

— Pas plus tard qu'hier, j'ai fait l'amour à ma femme d'une manière si fantastique que j'ai proposé à notre rédacteur en chef d'en parler dans la "Chronique de la semaine artistique". Quant à mon fils, malencontreusement prénommé comme toi, c'est maintenant un adolescent boudeur, aussi passionné de football que nous l'étions de la révolution, du temps où nous voulions tout chambarder.

Celui qui avait tout chambardé a fini en prison. Il finira bien par en sortir un jour, dans quelques années peut-être. Et il y aura des regards étonnés, mais ça, ce n'est pas mon affaire.

— Le rédacteur en chef, reprit Mustapha d'un ton plus sérieux, m'a proposé d'instruire les employés sur la conscience socialiste.

— A quel titre ?

— En ma qualité de vieux socialiste.

— Tu as accepté, bien sûr ?

— Evidemment que j'ai accepté. Mais, étant donné que l'Etat adopte les idées progressistes et les applique, je me demande s'il ne serait pas mieux de nous occuper de nos propres affaires.

— Par exemple, exercer tranquillement ton métier de camelot.

— Ou tomber amoureux pour rencontrer la vraie certitude.

— Ou tomber malade sans maladie véritable.

Ils se mirent à fumer en silence. Et puis, soudain, Omar demanda :

— Comment vont-ils ?

Mustapha sourit, puis :

— Zaïnab va très bien, elle a retrouvé son état normal. Et à part la fatigue de la grossesse, il n'y a pas de problème. Mais il y a quelque chose que tu dois savoir.

Les yeux de Omar brillèrent de curiosité.

— Elle pense chercher du travail après l'accouchement.

Il fit un geste de dépit de la main. Mustapha reprit :

— Comme traductrice, par exemple. Je crains d'ailleurs qu'elle ne songe un jour à quitter la maison...

— Mais elle est chez elle !

Mustapha lui jeta un regard sarcastique et dit :

— Bouthaïna est plongée dans ses études. Quant à Jamila, elle t'a presque oublié.

Il baissa les yeux, déconcerté.

— Je fais mon devoir en te critiquant amèrement.

— Vieil hypocrite ! lança Omar en riant.

— Quant à ma femme, elle te déclare carrément la guerre.

— Bien sûr, je comprends.

— Mais quand nous sommes seuls, je prends ta défense et j'attribue ton comportement à une “grave maladie psychologique” en lui assurant que ce n'est pas contagieux.

12

Warda était une femme sans pareille. Toute à sa passion, elle était éprise de son homme à la folie. Elle se consacrait entièrement à son nouveau foyer, faisait tout elle-même.

Omar promenait son regard entre les murs, le mobilier et les tableaux. Il humait les fleurs en pot, écoutait les mélodies du salon oriental. Il se voyait comme Adam au paradis. Warda ne demandait rien. Il devait insister pour qu'elle s'achète quelques vêtements ou pour se laisser offrir une bricole. Ayant pris du poids, elle se mit au régime et à la marche. Elle veillait à ce qu'il ne fasse pas d'excès lui non plus. Omar remarquait bien ce dévouement qui allait jusqu'à l'identification à sa personne. Elle s'accrochait à lui comme à un ultime espoir. Pendant les longues nuits d'hiver, ils s'étaient repliés sur eux-mêmes. Ils prolongeaient les veillées dans le salon oriental, discutant longuement de tout : du passé, du présent et de l'avenir, du réel et de l'imaginaire, de la réalité et du rêve, discussions entrecoupées de baisers et de caresses. N'eût été le balcon qui donnait sur la place, ils n'auraient même pas remarqué les tempêtes de l'hiver et les pluies battantes. Cependant, les conversations finirent par tarir et ils connurent des moments de silence, mais c'était un silence de contentement et de sérénité partagés.

Une fois, des images lui traversèrent l'esprit. Il en sourit. Une autre fois, il prit peur et baissa les yeux, accablé. Il avait imaginé une collision entre deux voitures à un carrefour et un homme grave, dans la force de l'âge, projeté en l'air.

— Ho, ho ! Où es-tu ? chuchota la voix tendre.

— Nulle part, répondit-il pudiquement.

Elle l'entoura de ses bras et dit :

— Je parie que tu as de gros problèmes.

Il fit signe de la tête que non.

— Je me demande pourquoi Bouthaïna et Jamila ne viennent pas te voir à ton bureau, dit-elle finement après un moment de silence.

Il pensait à l'araignée qui tisse une toile extrêmement sophistiquée pour capturer une mouche.

— Bouthaïna ne veut pas, dit-il.

— Lui a-t-on transmis ton souhait, au moins ?

— Mustapha lui en a parlé.

— Tu ne m'en as rien dit.

— Ce n'est pas si important.

— Tout ce qui te concerne est important à mes yeux, tu le sais bien.

Pour chasser les visions étranges, ils se mirent à regarder assidûment la télévision, passant d'une chaîne à l'autre. Un jour, Mustapha demanda de leurs nouvelles au téléphone. Elle l'invita à venir les voir. Elle trouva en lui un homme d'un commerce facile et agréable, aussi l'encouragea-t-elle à renouveler ses visites.

Une fois, Mustapha ayant parlé de poésie avec Omar, lui demandant où il en était de ses envolées lyriques, Warda répondit à sa place :

— Il écrit des poèmes.

— C'était complètement raté, protesta Omar, d'ailleurs j'ai tout déchiré.

— Le bonheur est plus important que la poésie, dit Mustapha, consolateur.

Il faillit lui demander : “Qu’est-ce que le bonheur ?”, mais il se retint de peur de décevoir Warda qui le mangeait de ses beaux yeux gris.

Grâce à la présence de Mustapha, à la télévision et à la radio, ils purent déjouer la lassitude des vieilles discussions maintes fois ressassées.

Oh, mon Dieu ! soupira-t-il une fois. Il se voyait doté d’une force magique qu’il employait à épater les badauds. Il faisait disparaître l’Opéra du Caire en un clin d’œil et le faisait réapparaître aussitôt devant une foule ébahie. Les gens ont besoin d’être émerveillés, c’est ce qui leur manque le plus ! Une autre fois, il la regarda tendrement en poussant le même soupir.

— Pourquoi n’inviterais-tu pas tes amis à passer des soirées agréables avec nous ? demanda-t-elle.

— Tu sais, à part Mustapha, je n’ai pas d’ami.

Devant son air dubitatif, il s’empressa de préciser :

— Je ne considère pas les collègues et les connaissances comme faisant partie de mes amis.

Pour tromper la routine, elle s’arrangea pour qu’ils sortent plus souvent. Ils allaient au cinéma, au théâtre et même au cabaret.

— C’est toujours mieux que de rester seuls à la maison, confessa-t-elle une fois comme pour le tester.

Comme il acquiesçait d’un signe de tête, elle le regarda avec insistance et, d’une voix pleine de reproches, elle dit :

— Là, tu as manqué de galanterie. C’est bien la première fois, va !

— Je voulais te faire des compliments sur ton sens de l’organisation, dit-il pour rattraper le coup, mais c’était trop tard.

— Pour ma part, je ne m’ennuierai jamais avec toi.

— Moi non plus, crois-moi.

Il s’en voulut pour sa maladresse et soupira encore une fois.

Mustapha le congratula et lui exprima son admiration devant ce bonheur parfait.

— Parle-moi de tes amours, lui dit-il un jour qu'il était venu le voir au travail, je pense bien que tu vas me faire réviser ma conception de la vie.

Dans ses yeux brillait un regard railleur et malicieux dont le sens n'échappa pas à Omar.

— Bouthaïna tient-elle si peu à moi ? demanda-t-il.

— Tu sais bien qu'elle est idéaliste et qu'elle a beaucoup d'amour-propre, mais, au fond, elle t'adore.

— Ne lui ai-je pas manqué, la traîtresse ?

— Elle viendra te voir un jour ou l'autre, mais parlons de tes amours.

Il fronça les sourcils et dit sur un ton de défi :

— Ça va très fort, plus fort que jamais.

— C'est une déclaration officielle ?

— Arrête, tu n'es qu'un hypocrite ! Tu ne mérites pas qu'on te confie les secrets des cœurs.

Mustapha partit d'un immense éclat de rire, puis :

— Laisse-moi te décrire la situation telle que je l'imagine : les mots doux ont tari ; les câlins, il n'y en a plus beaucoup ; et la boisson a repris de plus belle.

— Jaloux, va !

C'est une malédiction, ou quoi ? Warda est une belle femme et son amour est vraiment sincère. Mais, bon Dieu, que faut-il faire pour protéger le désir de l'engourdissement et ressusciter la poésie morte ? Quel crépuscule hivernal !

Ils allèrent au Nouveau-Paris pour passer la soirée. Et qui voit-il sur scène ? Margareth ! Ça, il ne s'y attendait vraiment pas. Le passé rejaillissait brutalement devant lui. Néanmoins, il réussit à se maîtriser complètement.

Margareth chantait :

Plus je te vois, plus je te désire
Et plus je te désire, plus je suis en fièvre.

— Voilà des paroles pleines de sagessse ! murmura Warda. Attention, un simple regard échangé avec la chanteuse sera pour Warda une véritable histoire d'amour. Il exprima son désir de partir et ils quittèrent le cabaret.

Ils errèrent en voiture, parcourant les rues désertes dans la nuit glaciale. Il ne faut pas s'énerver, se disait-il, cela ne rime à rien. Le retour soudain de Margareth a hâté une lassitude qui était là, tapie, attendant son heure. Une fois encore, tu vas être au bord du gouffre et, le désespoir aidant, les forces destructrices vont se déchaîner.

De son bureau, il appela Warda pour lui dire qu'il était invité à une soirée en l'honneur d'un collègue promu à un poste de magistrat. Et il alla au Nouveau-Paris. Margareth chantait. Il attendit. Qu'est-ce qui m'a amené ici ? Et si vite ! Qu'est-ce que je cherche ? L'idylle avec Warda serait-elle vraiment finie ?

Margareth arriva, l'allure altière. Et le champagne suivit.

— Dommage que je sois partie si soudainement l'autre fois, dit-elle, rayonnante.

— Si soudainement ?

— J'avais reçu un télégramme de l'étranger.

Il la dévisagea avec curiosité, tout étonné de la force qui le poussait vers elle. Il l'invita à terminer la soirée avec lui.

— Pas ce soir.

— Quand alors ? demanda-t-il en faisant un effort pour se maîtriser.

— Disons demain.

Il rentra vers une heure du matin. Warda était assise au salon. Il l'embrassa et lui demanda, comme il le faisait avec Zaïnab autrefois :

— Encore éveillée ?

— Bien sûr ! répondit-elle. Puis, après l'avoir longuement fixé du regard : J'espère que tu n'as pas fait d'excès.

Il mit son pyjama et s'allongea sur le canapé. Elle s'approcha de lui et colla ses lèvres sur les siennes. Aucun désir ne l'animait, mais il se dit : "Accomplissons notre devoir conjugal !"

Il ne sut comment s'excuser pour la nuit suivante. Elle lui téléphona au bureau, mais il ne souffla mot sur l'absence programmée. Il alla au Nouveau Paris, tout content de son insouciance.

La lumière rouge donnait à Margareth l'allure d'une fée. Comment une voix si puissante pouvait-elle sortir d'un si petit gosier ? Des volutes de fumée s'enroulaient autour des lampes espagnoles qui pendaient du plafond sculpté de femmes nues. Un couple d'amoureux s'enlaçait longuement, au bord de l'extase. Comment le désir pouvait-il se frayer un chemin dans ce lieu confiné, saturé de vapeurs d'alcool et de tabac ? Qui peut affirmer que ces gens avinés existent vraiment ? Mais comment Warda a-t-elle été arrachée à lui comme si elle n'était qu'une pièce rapportée ? Et pourquoi la mort persiste-t-elle à se rappeler à notre bon souvenir à chaque pas que nous faisons ?

La voiture s'élança sur la route des Pyramides.

— Il fait très froid, se plaignit Margareth.

Il alluma le chauffage.

— Si on allait chez toi ! proposa-t-elle.

— Je n'ai pas de chez moi…

Le ciel était bas et lourd, pesant comme un couvercle. Il s'arrêta dans un coin désert, totalement obscur.

— Pas une seule étoile ! s'exclama-t-il, ravi.

Il la tira à lui avec une violence inouïe. Au milieu d'un tourbillon d'haleines mêlées, elle murmura :

— L'obscurité est effrayante !

Il la fit taire d'un baiser et dit :

— Il n'y a pas de temps pour la peur.

Son contact est incomparable, mais quelle importance ? L'important, c'est de sonder le mystère profond de la vie. Un flot de paroles saccadées. Des gémissements comme le silence de la nuit. Un chant harmonieux annonçant une vie meilleure. Des soupirs ardents fondant des cœurs transis de froid. L'obscurité elle-même devenait invisible, inexistante. Son cœur comblé soupira d'aise. Cependant, sa propre satisfaction l'incommodait. Une sensation d'abattement et de tristesse s'empara de lui. Il regarda autour de lui en se demandant : Où est la véritable ivresse ? Où est Margareth ? Complètement disparue dans le noir !

Il rentra chez lui, le cœur meurtri. Warda se dressait devant lui, les traits figés. Il la salua d'un sourire. Ils demeurèrent debout, face à face, un long moment épuisant. Il s'affala sur le canapé en disant :

— Je suis désolé…

— Pas besoin d'explications.

Elle alla dans la chambre à coucher, puis, se ravisant, elle retourna au salon et prit place à côté de lui.

— J'avais bien remarqué que tu avais besoin de changer d'atmosphère.

— Les choses ne sont pas aussi simples, tu sais.

Elle dit sur un ton qui dissimulait mal son énervement :

— Enquêter, ça n'a rien de drôle ! Et je ne vois pas pourquoi on souffrirait inutilement, mais laisse-moi quand même te poser une question : avons-nous échoué ?

— Tu es fantastique, dit-il, sincère et las à la fois.

— Tu étais avec une femme ? demanda-t-elle, en regardant au loin.

— Si tu veux tout savoir, confessa-t-il après un moment d'hésitation, je n'ai pas encore guéri.

— Et le mal dont tu souffres, dit-elle d'une voix âpre pour la première fois, ne peut guérir que dans les bras d'une femme, n'est-ce pas ? Puis, sur un ton plus calme : Je n'ai que l'amour à t'offrir ; si tu n'en veux plus, tout est fini.

Son silence la désespérait, aussi reprit-elle :

— Que les jeunes puissent être inconstants, je comprends – et d'ailleurs, ils finissent par se corriger –, mais un adulte comme toi ?

— Suis-je donc fou pour de bon ? finit-il par dire en parcourant la pièce du regard, affligé.

— Tu n'en as pas l'air, c'est ça qui est bizarre !

— Mais on me prend pour un fou à cause de mon comportement.

— Si c'est de ta vie avec moi que tu veux parler, s'écria-t-elle excédée, tu peux toujours retourner auprès de ta femme.

— Je n'ai plus de femme.

— Donc, c'est moi qui partirai. Mes problèmes sont plus simples que les siens. Je ne manquerai pas de trouver un travail et un logement.

Piqué au vif par ces dernières paroles, il faillit lui crier à la figure : Va-t'en ! mais il se contenta d'allonger les jambes en fermant les yeux.

— Tu étais avec une femme ? revint-elle à la charge.

— Tu le sais bien, lâcha-t-il, insouciant et agacé à la fois.

— Qui ?

— Une femme.

— Mais qui peut-elle bien être ?

— Aucune importance.

— Tu la connaissais avant moi ?

— Une rencontre passagère.

— Tu l'aimes ?

— Non.

— Pourquoi es-tu sorti avec elle alors ?

— Bah !

— Une envie soudaine qui ne pouvait attendre, c'est ça ?

— On peut le dire.

— Tu cèdes à toutes tes envies ?

— Pas dans toutes les circonstances.

— Ça te prend quand ?

Indifférent et agacé :

— Quand la maladie me reprend.

— Est-ce que les femmes sont une passion pour toi ?

— Non.

— Tu ne m'aimais pas ?

— Si.

— Mais tu ne m'aimes plus ?

— Je t'aime encore, mais j'ai rechuté.

— J'ai remarqué ton changement d'attitude depuis quelques jours, observa-t-elle sèchement.

— Depuis que la maladie m'a repris.

— La maladie, la maladie ! s'écria-t-elle, furieuse, elle a bon dos la maladie. Puis, le regardant, le visage défait : Tu vas la revoir ?

— Je ne sais pas.

— Ça te fait plaisir de me faire souffrir ?

— De grâce, un peu de repos ! soupira-t-il.

Il emmena Margareth au Relais de la route du Désert. C'était une nuit d'hiver froide au ciel constellé. Au retour, elle lui dit tendrement :

— Ne vaut-il pas mieux qu'on ait un petit chez-nous ?

— Non, répondit-il sans plus d'explications.

Il était convaincu que cela ne servirait à rien de continuer. Elle n'apprécia guère sa réponse.

— Je n'aime pas beaucoup les aventures passagères, lâcha-t-elle froidement.

Il la raccompagna à son hôtel. Sans un mot.

13

L'ivresse de l'amour est éphémère et celle du sexe est trop brève pour laisser des traces. Que fait l'affamé avide s'il ne trouve pas sa pitance ? Tu es happé par la tornade. Tu as perdu l'équilibre et tu n'es pas près de le retrouver.

Il avait remarqué au Nouveau Paris une danseuse brune, la taille fine et le regard aguichant. Il alla au cabaret sans se soucier des commentaires que son retour allait inévitablement provoquer. Margareth le salua d'un sourire du haut de la scène. Il lui sourit à son tour, puis il invita la danseuse brune à sa table. Margareth pouvait penser qu'il jouait avec elle au chat et à la souris, mais, en réalité, il n'avait plus le cœur à ça. Attirée par l'appât du gain, la fille accepta de sortir avec lui. Cela ne valait guère mieux. Mais à un moment, alors qu'elle riait, il lui sembla que son cœur avait vibré. Son cœur doit vibrer ou mourir. Insensible à la poésie, à l'alcool, à l'amour ! A quel appel pourrait donc répondre cette ivresse inaccessible ?

Chaque nuit, il emmenait une fille. D'un cabaret ou d'un autre, et même de la rue. Un soir, au Capri, alors qu'il était attablé en compagnie d'une danseuse du nom de Mouna, Yazbek accourut vers lui avec un empressement obséquieux. Omar se mit en colère. Cela lui signifiait la futilité de toutes ces aventures.

— Monsieur ! Est-ce que...

Il lui lança un regard hargneux qui le cloua sur place, et il partit avec Mouna. Alors qu'il la serrait dans ses bras, il fut pris d'un désir étrange. Il voulait la tuer. Il lui ouvrait la poitrine avec un couteau ; il y trouvait enfin cette chose mystérieuse qu'il recherchait depuis si longtemps. Le meurtre est l'envers de la création, se disait-il ; c'est le cycle mystérieux qui s'accomplit dans le silence.

— Ça ne va pas ? chuchota Mouna.

Il revint à lui, horrifié, et dit :

— Ce n'est rien, c'est l'obscurité...

— Mais il n'y a personne.

Ils regagnèrent la voiture et il se mit à conduire à une vitesse vertigineuse. Affolée, elle s'agrippa à lui, prête à hurler.

Alors qu'il se changeait, il se dit : il faut que quelque chose arrive, sinon c'est la folie ou la mort.

Assise sur le lit, Warda déclara :

— Je pars.

— J'ai des responsabilités envers toi, dit-il tendrement.

— Je ne veux rien. Puis après un silence : Le plus triste, c'est que je t'ai aimé sincèrement.

— Mais tu n'es pas très patiente avec moi, dit-il avec lassitude.

— Ma patience est à bout, répliqua-t-elle sur un ton tranchant.

Ecœuré, il ne fit aucun commentaire.

Quand il rentra la nuit suivante, Warda n'était plus là. Il sourit, soulagé, et se laissa tomber tout habillé sur le divan, savourant le silence et le vide qui régnaient dans l'appartement. Il y emmènera une nouvelle femme chaque nuit.

Mustapha lui dit en riant :

— Bienvenue au plus grand séducteur du continent africain !

Omar sourit froidement. L'autre renchérit :

— Tu as défrayé la chronique ces temps derniers. Plus d'un de mes collègues m'a parlé de toi. Au club, la plupart de tes copains sont au courant de tes aventures ; ils se demandent d'où te vient cette nouvelle jeunesse.

— En vérité, je déteste les femmes, confessa-t-il d'un ton amer.

— Ça se voit ! Puis sur un ton plus sérieux : Commence par calmer ton agitation intérieure, et tu retrouveras ton équilibre une fois pour toutes.

Le printemps était là, et c'était agréable de passer des salles fermées au plein air. Mais l'angoisse était toujours présente et il était épuisé par les rêves pénibles qu'il faisait. Par moments, il trouvait sa distraction dans la lecture, notamment des poésies indiennes et persanes.

Ses aventures nocturnes le menèrent encore une fois au Capri. Alors qu'il était assis sous la tonnelle, sirotant un verre en profitant de la brise printanière qui se glissait à travers les cyprès, Warda apparut sur la scène. Il n'en fut aucunement surpris. Cela le laissait complètement indifférent. Ça avait commencé en automne. La joie, l'amour, l'ivresse, puis la froideur. Quand son cœur affligé va-t-il sortir de ces cercles vicieux ? Quand franchira-t-il la barrière définitivement ? La voilà qui l'aperçoit et continue à danser. Et voilà Yazbek, pris d'inquiétude, qui se met à leur lancer des regards furtifs. Omar était incapable de prendre aucune décision.

Son numéro terminé, Warda vint s'installer non loin de lui ; il l'invita à sa table. Elle était souriante, comme si de rien n'était. Il commanda la boisson par laquelle il s'était rendu célèbre dans les cabarets.

— Warda, je suis vraiment désolé, dit-il sincèrement.

Elle eut un sourire énigmatique et dit :

— Ça ne sert à rien de regretter, ce qui est passé est passé. Puis, sur un ton enjoué : L'expérience de l'amour est précieuse même si l'on doit souffrir.

— Je ne suis pas normal... dit-il dans une grimace.

— Prions donc pour ta guérison.

Remarquant qu'ils étaient l'objet des regards de toutes ces femmes avec lesquelles il était sorti nuit après nuit, Warda sourit. Il balbutia :

— Je n'en avais vraiment désiré aucune, tu sais.

Elle leva les sourcils, étonnée.

— Je les ai toutes connues, mais sans désir, insista-t-il.

— Et pourquoi alors ?

— Les moments divins sont si éphémères !

— Que tu es dur ! Vous autres hommes, vous ne croyez à l'amour que lorsque nous cessons d'y croire, dit-elle, dépitée.

— Peut-être, mais mon problème est tout autre.

Une odeur grisante de fleur d'oranger, venant des champs environnants plongés dans le noir, flottait dans l'air, promettant un monde de délices. Se sentant soudain plus léger, il sortit de sa réserve et demanda avec ferveur :

— Dis-moi, Warda, pourquoi vis-tu ?

Elle haussa les épaules et porta sa coupe à ses lèvres pour la finir. Mais il réitéra sa question avec un sérieux qui ne faisait aucun doute. Elle dit alors :

— Est-ce que cette question a un sens ?

— Ça ne fait pas de mal de la poser de temps en temps.

— Je vis... C'est tout ce que j'ai à dire.

— Non, j'attends de toi une meilleure réponse.

— Disons que j'aime la danse, dit-elle après un moment de réflexion, et j'aime la joie que me procurent les regards admiratifs. Et puis, j'aspire à l'amour vrai.

— Cela veut dire que pour toi, la vie, c'est l'amour ?

— On peut le dire.

— Ne t'est-il pas arrivé d'aimer et de détester l'amour ?

— D'autres que moi l'ont fait, répondit-elle, agacée.

— Et toi ?

— Non.

— Combien de fois as-tu aimé ?

— Je t'ai dit un jour que...

Mais il ne la laissa pas en dire plus.

— Laissons de côté ce que tu m'as dit un jour, sois sincère avec moi maintenant et dis-moi tout.

— Voilà ton côté sauvage qui reprend le dessus.

— Tu ne veux pas parler ?

— J'ai dit ce que j'avais à dire.

Il poussa un soupir de déception et demanda fièvreusement :

— Et Dieu, tu en penses quoi ?

Elle lui lança un regard méfiant.

— Réponds-moi, Warda, je t'en supplie !

— J'y crois.

— Avec certitude ?

— Bien sûr.

— Et d'où te vient cette certitude ?

— Il existe et cela suffit.

— Penses-tu beaucoup à Lui ?

Elle rit d'un rire forcé :

— Quand je suis dans le besoin ou dans l'adversité, c'est à Lui que je m'adresse.

— Et à part ça ?

— Ça te fait plaisir de faire souffrir les autres, c'est ça ?

Il quitta le cabaret à trois heures du matin, regagna sa voiture et prit la route du Désert. Partir seul, c'était déjà un pas important, se disait-il. Il gara la voiture sur le bas-côté, dans un endroit complètement retiré. Il faisait nuit noire. Aucune habitation en vue. Une obscurité étrange, comme il n'en avait jamais vu, enveloppait la terre et l'espace. Il était debout, totalement perdu dans le noir. Il leva la tête vers le ciel. Ses yeux ne s'étaient pas encore habitués à l'obscurité. Des milliers d'étoiles perçaient la voûte céleste. Un foisonnement de constellations, de grappes, d'astres épars, comme égarés dans le firmament. Le vent se leva. Un souffle doux et sec, revivifiant, harmonisant toutes les parties de l'univers. Les sables du désert, couverts par l'obscurité, absorbaient les chuchotements innombrables des générations passées – leurs peines, leurs espérances et tous leurs questionnements perdus. Quelque chose lui disait qu'il n'y avait pas de souffrance sans raison et que, quelque part, ce moment d'enchantement fugace pouvait durer jusqu'à l'infini. Me voici suppliant le silence. Qu'il parle et tout pourra changer ! Que les grains de sable lâchent leurs forces cachées pour me libérer de cette impuissance qui m'épuise. A quoi bon hurler, puisqu'il n'y a rien qui puisse renvoyer l'écho ? Il s'appuya contre la voiture et fixa longuement l'horizon. Quelque chose avait changé. L'obscurité se faisait moins épaisse. L'atmosphère devenait limpide et, peu à peu, une ligne se formait, diffusant une lumière étrange, comme une fragrance ou un mystère. La ligne devenait de plus en plus nette et des vagues successives de splendeur commençaient à en jaillir. Soudain, son cœur, jubilant, se mit à danser, balayant toute sa peur et toute sa détresse. Il fixa la merveilleuse lumière avec des yeux exorbités, gardant la tête levée avec une détermination inébranlable. Il fut submergé d'un bonheur débordant, délirant, une extase qui transporta de joie toutes les créatures de la terre. Tous ses membres étaient ranimés, tous ses sens étaient enivrés. Plus de doute, plus de crainte, plus de soucis ! Il fut empli d'une certitude extraordinaire, une certitude massive, débordante de paix et de sérénité. Un nouveau sentiment d'entière sécurité l'habitait. Tout devenait possible, il pouvait désirer ce qu'il voulait. Mais il était maintenant au-dessus de tout désir, et le monde s'étalait à ses pieds comme une poignée de poussière. Non, il ne voulait rien, ni paix, ni sécurité, ni gloire, ni longue vie. Que la fin vienne maintenant, c'était son vœu ultime !

Le délire l'avait laissé pantelant. Le corps contorsionné, il s'accrochait frénétiquement à l'horizon. Il inspira profondément pour récupérer un peu d'énergie, comme après une course exténuante. Il ressentit un frémissement venant de loin, des profondeurs de son âme, annonçant le retour sur terre. Il tenta de le repousser ou de le retarder, mais en vain. Un frémissement enraciné comme le destin, rusé comme un renard, ironique comme la mort. Dans un soupir profond, il reprit connaissance pour accueillir des vagues de tristesse au milieu des lumières riantes.

Il regagna sa voiture et démarra en regardant la route avec lassitude et, comme s'il s'adressait à quelqu'un d'autre, il dit : "C'est ça l'ivresse !" Et après une courte pause : "C'est ça la certitude ! C'est évident, c'est indiscutable !" Puis, d'une voix plus forte : "Les souffles de l'inconnu et les murmures du mystère." Appuyant sur l'accélérateur, il se demanda : "Ne vaut-elle pas qu'on renonce à tout pour elle ?"

14

Au matin, il fut tiré de son sommeil par la sonnerie du téléphone. Il décrocha, c'était Mustapha :

— Où étais-tu toute cette nuit ?

N'ayant pas eu de réponse, il ajouta :

— Zaïnab est à l'hôpital.

Il ne réalisa la signification de ces paroles qu'au bout de quelques instants. Il se souvint qu'il était mari et père et qu'une nouvelle paternité l'attendait.

Dans la salle d'attente de l'hôpital, il trouva Mustapha, Bouthaïna et Aliyyat, l'épouse de Mustapha. C'était une femme pondérée, mais d'une forte personnalité. La quarantaine, bien en chair, le visage rond avec des traits harmonieux.

Quand ce fut le tour de Bouthaïna de le saluer, elle lui tendit la main en détournant son regard pour cacher son accablement.

Mustapha :

— Zaïnab est dans la salle d'accouchement et tout se passe bien.

Il s'apprêtait à y aller, mais Aliyyat, avisée, s'empressa de dire :

— J'étais avec elle et j'y retourne tout de suite.

— Je ne peux pas y aller ?

— Il vaut mieux éviter les émotions fortes, conseilla Mustapha.

Ils n'attendirent pas longtemps ; Aliyyat revint, le visage radieux en disant à Omar :

— Félicitations pour l'héritier ! On est en train d'emmener Zaïnab dans sa chambre.

Il regarda Bouthaïna avidement, puis s'assit à côté d'elle et posa sa main sur la sienne sans un mot. Elle la lui laissa un moment par pudeur, puis la retira.

— Les hôpitaux, il n'y a que ça pour enterrer les querelles, remarqua Mustapha, qui avait observé tout ce petit manège. Heureusement qu'ils existent !

Encore sous l'emprise de la déception de la main retirée, Omar demanda :

— Quand est-elle arrivée ici ?

— Vers minuit environ, répondit Mustapha.

C'était donc pendant qu'il était en pleine discussion avec Warda, stimulés par le champagne.

— Tu n'es pas allée à l'école ? demanda-t-il à sa fille.

— Elle a accompagné sa maman, répondit Aliyyat pour elle.

— Merci, Aliyyat, merci infiniment !

— De rien, répondit-elle en les laissant pour aller rejoindre Zaïnab dans sa chambre.

Mustapha dit :

— Elle a eu un moment difficile vers le petit matin.

Ah ! l'aube dans le désert et cette incroyable ivresse infinie. Mais où donc la retrouver ?

Mustapha prit congé d'eux pour aller dormir. Omar resta seul à attendre, avec Bouthaïna. Bouleversé, il prit conscience de la délicatesse de la situation.

— Tu n'as pas dormi ? lui demanda-t-il avec tendresse.

Elle lui répondit oui de la tête tout en regardant le tapis bleu ciel de l'entrée.

— Tu ne veux pas me parler ?

Le courage manquait à la jeune fille pour affronter cette situation pénible :

— Que veux-tu que je dise ?

— Dis-moi quelque chose, n'importe quoi ! Je reste ton père et ton ami, malgré tout. Ce qu'il y a entre nous ne peut se casser comme ça.

Très émue, elle garda le silence.

— Tu n'es pas d'accord avec moi ?

Elle acquiesça d'abord d'un signe de tête, puis dit "oui" d'une voix inaudible.

— Tu es fâchée, je le comprends bien. Mais cette situation ne te concerne pas directement. Je ne peux accepter que tu me boudes ainsi. Je t'ai invitée plusieurs fois à venir me voir. Pourquoi n'es-tu pas venue ?

— Je n'ai pas pu.

— Quelqu'un t'en a-t-il empêchée ?

— Non, j'avais un gros chagrin, c'est tout.

— Ton chagrin était-il plus fort que notre amour ?

— Pas une seule fois, tu n'es venu nous voir, dit-elle, amère.

— Cela ne m'était pas possible. Mais, moi, je t'avais demandé de venir à plusieurs reprises. Tu devais le faire ! Ton refus m'a sérieusement affecté, est-ce que j'en avais vraiment besoin ?

Elle était au bord des larmes. Elle faisait de gros efforts pour ne pas éclater en sanglots, ce qui l'obligeait à froncer les sourcils.

— J'étais trop triste pour venir te voir, réussit-elle à dire.

— Je suis vraiment désolé. Mais je n'aime pas ton attitude négative, j'avais besoin de toi dans ma solitude, tu sais.

Il sourit pour détendre l'atmosphère, puis :

— Allez, assez de reproches comme ça ! Ce n'est pas le moment.

Il lui donna une tape sur les épaules et dit en changeant de sujet :

— Comment va la poésie ?

Et pour la première fois, elle sourit légèrement.

— Je suis sûr, reprit-il chaleureusement, que nous n'avons jamais été aussi proches l'un de l'autre qu'en ce moment.

— Que veux-tu dire ?

— Il me semble que nous puisons à la même source… Je suis revenu à la poésie, je lis et j'essaye même d'écrire.

— Vraiment ?

— Ah, ce ne sont que des tentatives avortées pour l'instant.

— Pourquoi ?

— Je ne sais pas, peut-être que la couche de poussière est trop épaisse pour qu'on puisse s'en débarrasser rien qu'en soufflant dessus ; ou disons que la crise que je traverse est plus forte que la poésie.

— La crise ?

— Je veux dire ma maladie.

Elle sourit en fixant le sol des yeux.

— Tu ne me crois pas ? dit-il, contrarié.

— Je te crois toujours.

— Il faut que tu me croies ! dit-il, affecté par sa réponse. Certes, il y a eu ce fameux mensonge. Mais je ne pouvais faire autrement. Je te promets que cela ne se répétera plus. Quant à ma maladie, elle est bien réelle, hélas !

— Au fait, tu ne sais toujours pas ce que c'est au juste ?

Il réfléchit un moment, puis il dit :

— Une souffrance qui exige d'être très patient.

— Loin de nous, bien sûr ?

— Rassure-toi, je vis seul désormais.

Elle lui jeta un regard étonné.

— Seul, crois-moi ! insista-t-il.

— Mais…

— Si, si, maintenant je suis seul.

— Et pourquoi n'es-tu pas revenu à la maison ? demanda-t-elle avec un empressement qui lui alla droit au cœur.

Il déposa un baiser sur sa joue rougissante et dit :

— Il vaut mieux que je reste là où je suis.

— Non !

Elle lui prit la main et répéta :

— Non !

Aliyyat vint l'inviter pour aller voir Zaïnab, ce qu'il fit sans tarder.

Zaïnab était étendue, couverte d'un drap blanc qui ne laissait voir que son visage. Un visage blafard et anémique. Elle avait les paupières mi-closes. Un sentiment où se mêlaient la tendresse, le respect et la compassion s'empara de lui. Elle, elle donne la vie, et toi, que peux-tu bien créer ?

— Dieu soit loué de ta délivrance ! dit-il dans un murmure embarrassé.

— Félicitations pour l'héritier ! répondit-elle avec une esquisse de sourire sur les lèvres.

Il finit par s'asseoir, assailli par une grande gêne que seule l'arrivée de Bouthaïna et de Aliyyat dissipa quelque peu ; celle-ci réussit à détendre l'atmosphère et à faire passer le temps en racontant plein d'histoires drôles.

On amena le nouveau-né dans son berceau, on le découvrit. Une petite boule de chair rouge, marbrée, aux traits mal définis. Difficile d'imaginer que cette boule de chair puisse avoir plus tard une forme, et une forme acceptable, qui plus est. Mais il avait déjà vu ça ; cette belle jeune fille aux yeux verts penchée sur le berceau du bébé, curieuse et tendre, était-elle autre chose en venant au monde ?

Le bébé ne lui inspira aucun sentiment bien défini, mais il savait qu'il l'aimerait comme il faudrait. Il lui adressa un regard circonspect et curieux à la fois. Ah ! si tu n'étais pas, tout comme ton père, incapable de t'exprimer, je t'aurais bien demandé de me parler de tes sensations et de tes souvenirs du monde d'où tu viens à l'instant.

— Lui avez-vous choisi un prénom ? demanda Aliyyat.

— Nous l'avons appelé Samir*, répondit Bouthaïna.

---

* *Samir* signifie “compagnon de veillée” en arabe. *(N.d.T.)*

Puisse son prénom le protéger de l'ennui !

Aliyyat dit sur un ton plein de sous-entendus :

— Qu'il grandisse entouré de ses deux parents !

Malgré cette incursion dans les mystères de la création, Omar ne pouvait espérer aucune modification dans le cours de sa vie. Il ne pouvait s'arracher à sa solitude infinie. La naissance du bébé ne changea en rien ses dispositions à l'égard de Zaïnab. Il se demanda jusqu'à quand il allait rester là, en pâture à tous ces regards interrogateurs.

A l'heure du déjeuner, il prit congé et s'en alla. Bouthaïna, qui avait recouvré son assurance naturelle et sa spontanéité, le suivit dehors.

— Papa, dit-elle, tu ne resteras pas seul.

Il savait qu'il n'avait plus besoin de son appartement vide et qu'il aspirait à une nouvelle forme de solitude.

— Que veux-tu que je fasse ? demanda-t-il, résigné.

— Reviens à la maison !

Il l'embrassa sur le front en disant :

— Tu es sûre que je ne vous dérangerai pas ?

Rayonnante, elle lui prit le bras et le raccompagna jusqu'à la porte.

15

Rentré à la maison, mais toujours pareil. Ni haine pour Zaïnab, ni amour. Que signifie la disparition de la haine pour Zaïnab, sinon la disparition de Zaïnab elle-même ? La preuve de la victoire définitive sur le monde qu'elle représente, mais aussi la victoire de la solitude qui avance irrésistiblement.

— Il nous faut accepter notre épreuve avec courage, lui dit-il.

Et elle fut vraiment courageuse. Elle alla jusqu'à faire chambre à part pour ne pas le gêner. Touché par son attitude, il loua ses efforts : "Tu es un modèle de patience", lui déclara-t-il, reconnaissant.

Il mit fin à ses vaines aventures nocturnes. Ses trois enfants lui offraient des moments de joie réelle. En contemplant le Nil de son balcon, il se demandait quand il allait revivre cette grâce de l'aube dans le désert. Il passait la nuit, enfermé dans sa chambre, à lire et à méditer. Au petit matin, il se mettait au balcon et, scrutant l'horizon, il se demandait : Où est la grâce ? Les poèmes des Persans, des Hindous, des Arabes sont pleins de mystères, mais où est le bonheur ? Pourquoi cette mélancolie, alors que tu es calfeutré chez toi en toute sécurité ? Et cette sensation d'angoisse qui te susurre que tu es un hôte étranger sur le point de partir ? "Béni soit le Seigneur ! Tout est rentré dans l'ordre", s'était exclamé Mustapha. "Rien n'est rentré dans l'ordre", avait-il protesté. Indulgent, Mustapha ne voulait pas insister davantage, mais Omar n'en démordait pas : "Je ne suis pas rentré à la maison, je n'ai pas repris le travail." "Mais, mon cher..." s'inquiétait son ami. Et Omar de conclure : "Va savoir ce que nous réserve l'avenir."

Un après-midi, alors qu'il était dans son bureau, on ouvre la porte et l'on fait entrer un homme. C'était un homme de moyenne taille, robuste, le teint pâle, le visage long, la tête rasée, les mâchoires fortes, avec un gros nez. Une lumière intense jaillissait de ses yeux noisette. Dans un premier temps, Omar le regarda sans le reconnaître, puis il se redressa en s'écriant d'une voix tremblotante : Othmân Khalil !

Ils se donnèrent une longue accolade. Omar était au comble de l'émotion. Ils s'installèrent dans les deux fauteuils face au bureau. Il n'arrêtait pas de lui souhaiter la bienvenue et de le féliciter. L'autre se contentait de sourire, comme s'il ne trouvait rien à dire. Ils se turent un moment pour atténuer l'effet de l'émotion. Puis ils se mirent à échanger des regards. Des vagues de souvenirs leur remontaient à l'esprit et ils étaient bouleversés par des sensations étranges, grosses de menace. Un flot d'inquiétude et d'appréhension les submergeait. Longtemps, Omar avait pensé à ce moment, il s'y était longuement préparé, mais là, il était vraiment surpris. Il n'avait aucune idée précise sur la durée de la peine de son ami ; d'ailleurs, se souvenait-il encore de quelque chose ces derniers temps ? Othmân avait purgé les trois quarts de sa peine, et ce n'était qu'en ce moment que Omar s'en rendait compte. Et le voici, face à lui, dans les pires conditions psychologiques. Othmân quittait la prison pour revenir à la vie, tandis que lui, il s'apprêtait à quitter la vie pour un monde inconnu.

— Ça fait bien longtemps, presque une vie !

Othmân sourit.

— On a constamment pensé à toi et te voici déterminé à vivre comme à ton habitude.

— Toi, tu n'as presque pas changé, dit Othmân d'une voix grasse et gutturale, mais tu ne m'as pas l'air en très bonne santé.

— En effet, je suis tombé malade, dit Omar, qui apprécia l'allusion à sa maladie, et j'ai vécu des moments pénibles, mais, je t'en prie, parlons plutôt de toi.

On leur servit du coca et du café.

— Qu'est-ce que tu veux que je te dise ? dit Othmân, le temps passait. Des journées longues comme des années, et des années courtes comme des journées : ennui et insignifiance. Je n'ai aucune envie de m'étendre là-dessus.

— Je comprends, hélas ! Tu as été libéré quand, au fait ?

— Il y a deux semaines.

— Et c'est aujourd'hui que tu viens me voir !

— J'ai filé tout droit au village, et là, jai attrapé la grippe. Dès que je me suis senti mieux, je suis rentré au Caire.

Ça ne sert à rien de tourner autour du pot. Ton sentiment de culpabilité ne fait que s'exacerber.

— C'était dur de ne pas pouvoir te rendre visite.

— Tu sais, ils auraient arrêté tout visiteur ne faisant pas partie de la famille, répondit Othmân, le visage impassible.

— On aurait aimé être rassuré sur toi.

— Au début nous avons été maltraités, mais après la révolution, les choses ont bien sûr changé.

Omar compatissait vraiment, cela se lisait sur son visage crispé.

— Mais j'ai acquis la conviction, reprit Othmân, que l'homme s'habitue à tout. On le jetterait en enfer, il finirait par s'y faire et s'accommoderait des pires cerbères.

Cédant à son sentiment de culpabilité, Omar dit :

— Ç'aurait été plus juste qu'on aille en prison nous aussi.

— C'est au nom de la loi qu'on m'a jeté en prison et non au nom de la justice, observa Othmân sur un ton sarcastique.

— De toute façon, nous te sommes redevables de notre liberté et peut-être même de notre vie, murmura Omar, ému.

— N'aurais-tu pas agi de la même façon, si on t'avait arrêté et que j'aie réussi à prendre la fuite ?

Confus, Omar garda le silence.

— Me voici libre de nouveau, reprit Othmân, amer, allant sur mes cinquante ans.

— Tu es encore jeune, dit Omar, consolateur, une riche et longue vie t'attend.

— Et derrière moi, une expérience plus amère que le désespoir.

— Nous avons vécu en liberté, dit Omar, tout triste, mais, j'ai l'impression, hélas, que nous n'avons rien fait d'important.

— Ne dis pas ça, protesta Othmân, ne m'enlève pas la seule consolation qui me reste.

Son angoisse le reprit. Il se sentait comme un cadavre jeté sur la surface du sol.

— Nous avons travaillé, dit-il, nous nous sommes mariés, nous avons fait des enfants, mais il me semble que tout cela est parti en fumée et qu'il ne me reste rien qui vaille la peine. Excuse-moi, je ne devrais pas parler de moi.

— Mais nous sommes deux moitiés qui se complètent.

Le passé est révolu et l'heure du jugement est dure. Dans le sous-sol de la maison de Mustapha al-Minyâwi, Othmân déclarait fièrement : "Notre cellule est une poigne de fer, on ne peut la briser. Nous œuvrons pour l'humanité tout entière et non pour la seule patrie. Nous appelons au règne d'un Etat humain. Et grâce à la révolution et à la science, l'avenir, que nous préparons, sera radieux."

Et lorsque le tirage au sort l'a désigné, il s'est écrié : "Je suis heureux ! Mustapha est nerveux et toi, tu es jeune marié. Demain, une bombe sera lancée contre ces porcs. Ils ont assez sucé notre sang comme ça !"

— Le plan était parfait. Sans cette balle perdue qui t'a touché à la jambe, ils ne t'auraient pas arrêté.

— En effet, mais qu'avez-vous fait, toi et Mustapha ?

— Nous avons veillé jusqu'au petit matin, nous étions si malheureux...

Othmân pouffa de rire, puis :

— Vous n'avez pas eu peur que j'avoue ?

— Mustapha a pensé fuir et m'a incité à le faire. Nous avons pensé nous cacher. Nous avons vécu des journées atroces. Mais toi, tu as prouvé que tu étais un vrai surhomme, tandis que nous, nous étions nuls. Et, d'ailleurs, nous sommes toujours aussi nuls.

On s'habitue à l'enfer comme on s'habitue au sacrifice des autres. Et aussi abject que soit le rat, le voir pris au piège éveille en nous un sentiment de pitié.

Othmân évoqua l'aide que ses parents avaient reçue de Omar avant leur mort, mais celui-ci ne le laissa pas s'étendre là-dessus.

— Je ne veux pas me lamenter sur le passé, dit Othmân, j'ai choisi mon destin en connaissance de cause, et maintenant parle-moi de ce qui est arrivé dans le monde.

Cherchant une échappatoire, Omar dit habilement :

— Ne pensons plus qu'à l'avenir.

— L'avenir ?... D'accord, je vais dépoussiérer ma licence.

— Mon cabinet est à ta disposition.

— Parfait ! D'autant plus que les autorités ne s'opposent pas à ce que j'exerce.

— Tu peux alors commencer aujourd'hui même.

— Merci beaucoup, mais parle-moi donc du monde !

Il ne veut pas céder d'un pouce. Comme c'est étrange, c'est comme si tu n'avais jamais été lié à lui, comme si tu n'avais jamais voulu cette rencontre ! Il n'y a plus entre vous qu'une histoire morte, il ne t'inspire plus que sentiments de culpabilité, peur et mépris de toi-même. Il ne sait pas encore que les livres de métaphysique ont remplacé la littérature socialiste dans ta bibliothèque. Le voilà qui se dresse en travers de ton chemin comme le destin, juste au moment où tu essaies de fuir les tiens et le monde entier.

Othmân commença à trouver le silence de son ami pesant, aussi essaya-t-il de biaiser :

— Parle-moi de nos amis.

— Oh, tu sais, chacun est allé de son côté, je ne fréquente plus que Mustapha al-Minyâwi.

— Et qu'avez-vous fait pendant tout ce temps ?

— En vérité, les années qui ont suivi votre arrestation ont été marquées par la violence et la terreur, ce qui fait que nous avons dû nous tenir à carreau. Ensuite, chacun a vaqué à ses occupations. Les années passaient, on prenait de l'âge. Puis, ce fut la révolution et le vieux monde s'écroula.

Othmân posa son large menton sur sa main. Un regard froid brillait dans ses yeux luisants. Il pleurait peut-être les années perdues.

Que cette situation est désagréable ! Ça lui avait déjà valu bien des nuits blanches, rien qu'en y pensant. Un vrai cauchemar !

— Longtemps, je me suis demandé pourquoi, oui pourquoi, dit Othmân, et la vie me paraissait comme une escroquerie révoltante. Les gens qui me tapaient dessus étaient des fils du peuple, ceux-là même pour lesquels je m'étais battu. La vie ne serait-elle que lâcheté et sottise ? Les humains seraient-ils moins intelligents que les insectes ? Oh, je ne vais pas t'assommer avec ça. Et puis, j'ai retrouvé ma foi entre-temps.

Quelle malchance !

— J'ai retrouvé ma foi en cassant des cailloux sous un soleil tapant. Je me suis prouvé que je n'avais pas gâché ma vie et que les millions de victimes inconnues depuis nos ancêtres les primates ont tout de même élevé l'homme à une haute position.

Omar inclina la tête, exprimant son approbation et son respect.

— Ce serait stupide de s'acharner sur un passé malade, reprit Othmân avec humeur, puisque l'avenir se profile nettement devant nous, mille fois plus fort que toute la lâcheté du monde.

Au milieu de ces flots tumultueux, Omar tenta de chercher une planche de salut :

— En tout cas, le vieux monde corrompu a été jeté bas par une véritable révolution. C'est quand même la réalisation d'un de tes rêves.

Mon Dieu, cette mine sombre, cet air morose ! Te voilà essuyant une défaite sur un terrain qui n'est plus le tien. Ne sait-il donc pas que plus rien ne t'intéresse ?

— Si vous ne vous étiez pas planqués, lâcha Othmân d'un ton lugubre, vous n'auriez pas perdu l'initiative.

— Nous n'étions pas assez forts et nous n'avions pas de partisans assez puissants sur qui compter parmi le peuple. Et si, par quelque miracle, nous avions réussi à prendre le pouvoir, des continents entiers se seraient rués sur nous pour nous anéantir.

— Le malheur, c'est que les malades ne pensent qu'à la maladie.

— Et tu penses que ce serait raisonnable qu'ils l'ignorent ?

— C'est plutôt insensé comme conduite. N'as-tu pas encore compris que le monde est gouverné par la déraison ?

— La révolution est là, dit-il, conciliant, et elle fraie son chemin avec un esprit socialiste authentique.

Othmân l'observa longuement d'un regard inquisiteur dans lequel il lut des choses peu flatteuses.

— Et bien qu'elle n'ait pas touché aux capitaux des gens comme moi, continua-t-il, elle n'en a pas moins imposé des taxes équitables. Puis, d'un ton irrité : Crois-moi, pour ma part, je suis détaché de tout, qu'ils aillent tous au diable !

— Sois franc avec moi, cher ami, demanda Othmân dans un sourire, crois-tu encore à notre cause ?

Acculé, Omar réfléchit un long moment avant de dire :

— J'y croyais avant l'avènement de la révolution. Après, j'étais rassuré et, petit à petit, je me suis mis à me désintéresser de la politique et à prendre une autre direction.

— Une autre direction ? s'écria Othmân, sourcilleux.

— Mustapha se plaît, dit-il prudemment, à appeler ça une irrépressible nostalgie du passé artistique.

— Y aurait-il une contradiction entre l'art et nos principes ? se demanda Othmân avec dépit.

De plus en plus embarrassé et perplexe, Omar dit :

— Les choses ne sont pas si simples.

— La seule chose que je comprenne, c'est que tu n'es plus toi-même, lâcha Othmân, consterné.

Oui, c'est ce que Zaïnab et Warda avaient déjà remarqué.

— Je reconnais, dit-il, que je ne suis plus digne de ton intérêt. Puis, d'un ton un peu plus jovial : Ce qui importe maintenant, c'est que tu redémarres dans la vie pour rattraper le temps perdu.

— J'ai bien peur de ne rien trouver qui puisse vraiment compenser le passé, lâcha Othmân.

— Je te rappelle que mon cabinet est à ton entière disposition, avec tout ce qu'il faut pour commencer.

— Je ne sais comment te remercier.

— C'est le moins que je puisse faire. Et ma dette sera toujours immense à ton égard. Puis, d'un ton plus détendu : Tu dois certainement avoir envie de voir Zaïnab, la famille et Mustapha. Si l'on dînait ce soir à la maison ?

16

Le dîner était aussi riche en souvenirs qu'en nourriture et en boisson. Zaïnab avait les larmes aux yeux en lui souhaitant la bienvenue et elle lui serra longuement la main. Mustapha lui donna une chaleureuse accolade et lui présenta Aliyyat, son épouse. Bouthaïna s'étant installée à côté de lui à table, il fit remarquer qu'elle était le portrait de sa mère à son âge.

— Je vais goûter un peu de tout, dit-il lorsqu'on leur servit les hors-d'œuvre. Puis, se tournant vers Bouthaïna : Ils t'ont dit que j'étais un vieil ami. Ce n'est vrai qu'en partie. La vérité est que je suis un vieil ami qui sort tout juste de prison.

Bouthaïna sourit, prenant cela pour une plaisanterie.

— Crois-moi, insista-t-il, je suis un vieil ami et un vieux prisonnier.

— Il faut alors qu'elle sache, intervint Zaïnab, que tu es un héros politique et non un prisonnier ordinaire.

Bouthaïna l'observa avec intérêt et étonnement.

— Héros ? Criminel ? Deux antonymes, mais les contraires sont parfois identiques.

— Othmân, dit Omar à l'adresse de sa fille, est un vieil ami et il est maintenant mon collègue. Il a une longue histoire que je te raconterai plus tard, mais tu a dû certainement entendre parler des prisonniers politiques.

— C'est le roi qui vous a mis en prison ? demanda Bouthaïna.

— C'est toute la société, dit-il alors que le serviteur lui mettait une tranche de dinde et des petits pois dans son assiette.

— Et qu'aviez-vous fait ? s'enquit la jeune fille.

Comme il ne répondait pas, Mustapha dit en riant :

— Il était socialiste avant l'heure. Puis, en clignant de l'œil : Et il aimait bien jouer avec les bombes.

Les yeux verts s'écarquillèrent, mais Zaïnab dit habilement à Othmân, pour changer de sujet :

— Bouthaïna est une poétesse.

— Tel père, telle fille, commenta-t-il dans un sourire, en regardant Omar.

— Oui, mais ne t'y trompe pas, dit Mustapha, ses poèmes sont des hymnes à l'essence divine.

Il refréna sa raillerie juste à temps pour dire poliment :

— J'espère que j'aurai la chance d'en entendre quelques-uns.

Omar dut faire des efforts pour dissimuler sa gêne et paraître calme. Il se servit un pigeon farci en se disant que si cette petite bête avait su mieux voler, elle ne se serait pas fait manger. Il suivait avec plaisir la conversation entre Bouthaïna et Othmân. Soudain, la jeune fille demanda :

— Comment avez-vous supporté la vie de prison ?

— Je l'ai supportée parce que je n'avais pas le choix, j'ai même fini par être connu pour ma bonne conduite. Apparemment, on ne se conduit mal qu'en société. Puis, après un rire : En réalité, la prison n'est pas sans quelques mérites. C'est, d'une certaine manière, une société sans classes. Et on aimerait qu'un tel système se réalise à l'extérieur des prisons.

— Je ne comprends rien à ce que vous dites.

— Tu comprendras ce que j'ai dit lorsque je comprendrai tes poèmes.

— Est-ce que vous avez lu la poésie de mon père ?

— Bien sûr !

— Est-ce qu'elle vous a plu ?

— Comment pouvez-vous manger, protesta Omar, si vous parlez sans cesse ?

Mais Othmân aimait bien cette conversation. Aussi demanda-t-il :

— Tu vas étudier les lettres à l'université ?

— Non, les sciences.

— Bravo ! mais tu es poète !

— Elle est brillante en sciences, tu sais, dit Zaïnab fièrement.

— Et papa m'encourage vivement à faire des sciences, reprit Bouthaïna.

Othmân regarda Omar avec perplexité, puis dit à l'adresse de la jeune fille :

— Tu comprendras un jour que les sciences sont notre grand espoir.

— Mais je n'abandonnerai pas la poésie pour autant.

— Alors, tout va bien.

— Et combien d'années avez-vous passées en prison ?

— Vingt, environ. Et devant son air ébahi, il ajouta en riant : J'ai même connu un homme qui ne voulait pas en sortir. A chaque fois que sa libération approchait, il commettait quelque délit pour qu'on lui renouvelle le bail.

— C'est insensé comme comportement !

— Les gens ont souvent des comportements insensés !

— Tu ne veux donc pas le laisser manger tranquille ? gronda Omar.

Ils passèrent au salon pour prendre le café. Othmân et Bouthaïna continuèrent leur conversation à loisir. Vers dix heures, à la proposition de Mustapha, les trois hommes s'installèrent au balcon, tandis que les dames allèrent s'asseoir dans la salle de séjour.

Othmân voulait savoir ce que Mustapha avait fait de sa vie. Celui-ci lui raconta tout par le menu, avec une franchise et une insouciance étonnantes, et, pour finir, il lui demanda :

— Te voilà affranchi sur notre compte, dis-moi maintenant ce que tu mijotes dans ta grosse tête.

Othmân, qui, après le départ de Bouthaïna, avait replongé dans la torpeur, dit d'un ton morne :

— Je dois d'abord reprendre ma carrière d'avocat.

— Oui, mais je t'interroge sur ce qui se passe dans ta tête !

— Et je dois aussi étudier ce qui se passe autour de moi…

— C'est ton droit, mais dis-toi bien que nos anciennes attitudes ne sont plus valables.

— Elles sont toujours valables, répliqua-t-il d'un ton de défi.

— Je veux dire, précisa Mustapha, que l'Etat est maintenant véritablement socialiste. Et cela est amplement suffisant.

Omar demeurait silencieux, le regard dirigé vers le Nil, sur la surface duquel se reflétait la lumière des lampadaires. Un croissant de lune était visible à l'horizon.

— Ce n'est pas parce que toi, tu as changé, reprit Othmân amèrement, que la réalité doit changer.

— Nous n'avons pas changé, nous avons seulement évolué.

— Vous avez régressé, tu veux dire.

— Ce qui est sûr, c'est que le pays a fait un pas en avant.

— Peut-être, mais vous, vous avez fait un pas en arrière.

Omar continuait toujours à observer la lune.

— Tu ne penses pas que tu as fait assez de sacrifices comme ça ? demanda Mustapha d'un ton jovial.

— On ne se sacrifie jamais trop pour la vérité !

— Mais, cher ami, tu ne vas quand même pas supporter tout le fardeau de l'existence à toi tout seul ?

— L'homme, ou bien il représente l'humanité tout entière, ou bien il n'est rien du tout.

— Pour ma part, j'ai déjà du mal à être moi-même, dit Mustapha dans un rire, comment pourrais-je représenter l'humanité tout entière ?

— Quel gâchis ! J'ai du mal à croire que vous ayez dégénéré à ce point !

Mustapha n'arrivait pas à prendre cette discussion au sérieux, mais, désignant Omar, il dit :

— Ne parlons pas de Omar, il est dans une très mauvaise passe… Tout lui répugne : le travail, la réussite, la famille…

Othmân regarda Omar d'un air interrogateur, mais celui-ci ne détournait toujours pas les yeux du Nil.

— C'est comme s'il était à la recherche de son âme, observa Mustapha.

— N'est-ce pas lui qui l'a égarée ? demanda Othmân, sourcilleux. Puis, se parlant à lui-même en soupirant : Voilà, on en arrive aux méditations philosophiques maintenant !

Mustapha, qui, pendant tout ce temps, essayait de refréner sa jovialité naturelle, dit :

— Pendant longtemps j'ai pensé qu'il voulait ressusciter son côté artistique refoulé, et, en fait, il avait bien essayé et il continue encore, mais il me semble parfois qu'il aspire à une étrange ivresse.

— Explique-toi !

Omar se tourna enfin vers eux et dit à l'adresse de Othmân :

— Ne te fatigue pas, prends ça pour une maladie et n'en parlons plus !

Il lui jeta un regard perçant et grommela :

— C'est peut-être effectivement une maladie, puisque tu as perdu ce qui était sain en toi.

— Peut-être qu'il cherche un sens à sa vie, intervint Mustapha.

— Quand on est conscient de ses responsabilités à l'égard des masses, on n'a pas à chercher le sens de sa propre vie.

— Il n'y aura donc plus de questionnement quand la dictature du prolétariat sera établie ? se demanda Omar, excédé.

— Mais elle n'est pas encore établie.

Il promena son regard de l'un à l'autre, puis :

— Les savants essaient de percer le mystère de la vie et de la mort avec la science, non avec la maladie.

— Et si je ne suis pas un savant ?

— Au moins, ne te dresse pas en travers du chemin des travailleurs avec tes jérémiades et tes lamentations.

— Tu es en train de nous assommer avec des paroles fielleuses, alors que notre ami souffre réellement, protesta Mustapha.

— Je suis désolé, et je crains fort de le rester toute ma vie.

— Le cœur ne peut donc nous être d'aucun secours, si on a le malheur de ne pas être un scientifique ? se demanda Omar.

— Le cœur est une pompe qui fonctionne grâce aux artères et aux veines. Y voir un moyen pour atteindre la vérité n'est que folles chimères. Mais au fond, je commence à te comprendre un peu. Ce que tu recherches, c'est l'extase, ou peut-être ce qu'on appelle vérité absolue. Et à défaut de moyens efficaces, tu as, en dernière ressource, pensé trouver en cet organe une planche de salut. Mais ce n'est justement qu'une planche de salut, qui, dans sa dérive, te fera revenir à la préhistoire. Et ainsi, tu auras gâché ta vie – même ma vie à moi, passée derrière les barreaux, n'est pas partie en pure perte – sans atteindre quoi que ce soit qu'on puisse appeler vérité, parce que les seuls moyens adéquats qui y conduisent sont la raison, la science et le travail.

Il n'a pas contemplé l'aube dans le désert. Il n'a pas vécu l'extase qui donne la certitude, sans preuves. Le monde n'a pas été jeté à ses pieds comme une poignée de poussière.

— Pour ma part, je crois à la science et à la raison, dit Mustapha, mais j'ai là un poème écrit par Omar juste avant qu'il ne renonce à la poésie définitivement. Il y proclame justement sa révolte contre la raison.

— Je l'écouterais volontiers, dit Othmân en faisant un effort pour se maîtriser.

Omar fit mine de s'y opposer, mais Mustapha avait déjà sorti une feuille de sa poche et commencé la lecture :

Parce que je n'ai pas évolué dans les airs
Ni habité le grand cercle de l'équateur
Rien ne m'a jamais séduit
A part l'insomnie
Un arbre qui jamais ne plie
Et un édifice inébranlable.

Après un long moment de silence pénible, Othmân déclara :

— Je n'ai rien compris.

— Je n'ai pas dit que c'était de la poésie, dit Omar. C'étaient les hallucinations de quelqu'un qui passait par un état morbide.

— Mais l'art moderne en général respire cet air de rébellion, observa Mustapha.

— Je n'y vois que le gémissement d'un système agonisant, dit Othmân avec dédain.

— C'est peut-être vrai sur le plan culturel, concéda Mustapha, mais en ma qualité d'ancien artiste, je peux te dire qu'il s'agit aussi d'une crise de l'art. C'est la crise d'un artiste en panne de sujet et qui est à la recherche d'une forme nouvelle.

— Et pourquoi est-il en panne de sujet ?

— Parce qu'à chaque fois qu'il en trouve un, il se rend compte qu'il est éculé.

— Mais l'artiste ajoute toujours une touche personnelle au sujet traité, si bien qu'il en devient nouveau, au moins dans cette mesure.

— Ce n'est plus suffisant à l'ère des révolutions radicales. En effet, la science triomphante a relégué l'artiste dans la marge de la culture. Il aurait bien investi la place forte des grandes vérités, mais il n'en avait pas les moyens. Le cœur meurtri, il s'est lancé dans des mouvements de contestation, a écrit des anti-romans, inventé le théâtre de l'absurde, etc. Et comme les scientifiques avaient accaparé l'intérêt du public avec leurs équations énigmatiques, les artistes, défaits, ont voulu faire sensation en créant des œuvres atypiques, obscures et étranges. Tu sais, si l'on ne peut pas se faire remarquer par une pensée profonde, on peut toujours essayer d'y arriver en courant tout nu sur la place de l'Opéra !

Othmân rit aux éclats pour la première fois.

— Voilà pourquoi, reprit Mustapha, j'ai choisi la voie la plus simple et la plus honnête en devenant amuseur.

Je ne vois pas pourquoi, se dit Omar, je me casserais la tête à discuter de choses qui ne me regardent pas…

17

L'aube s'est tue. Sur les rives du Nil, sur le balcon ou dans le désert, l'aube s'est tue. Et rien ne peut témoigner qu'un jour elle a parlé, à part une mémoire en miettes. A quoi bon continuer à scruter le ciel, la rage au ventre, poussant des cris désespérés. Les rimes dérisoires, la blonde chevelure de Margareth, les yeux gris de Warda, la vision de Zaïnab sortant de l'église ne sont que des fantômes diaphanes errant dans une tête vide. Le rire de Mustapha annonce la mort de tout espoir, tandis que les fulminations de Othmân sont celles d'un prophète nihiliste. J'ai parlé aux chaises, aux murs, aux étoiles et à l'obscurité ; je me suis disputé avec le vide, j'ai flirté avec quelque chose qui n'existe pas encore, pour trouver, enfin, le réconfort dans la sombre perspective de mon propre anéantissement. Tout s'est dégradé. Même les lois qui gouvernent l'univers n'ont plus aucune valeur. Suis-je seulement sûr que le soleil va se lever demain ? Comment pourrais-je alors me pencher sur un dossier d'affaires ou discuter de problèmes domestiques ? Quelle erreur que cette trêve qui m'a ramené à la maison ! ai-je dit à ma chambre fermée. Et au chat, qui se frottait contre mes jambes : d'accord, j'ai compris, je m'en vais, je vais quitter ces lieux chargés de frustration.

Il n'y a plus de distraction possible, sauf peut-être de me hisser jusqu'au sommet d'une pyramide et de me mettre à danser, de me jeter dans les eaux du Nil, ou de faire irruption dans le hall du *Hilton* dans le plus simple appareil. Rome n'a assurément pas été brûlée par Néron, mais elle a plutôt été consumée par les passions désespérées. C'est ainsi que la terre tremble, que les volcans se mettent à cracher leur lave.

— Je me demande si tu te souviens encore de ma voix, lui dit Warda au téléphone.

— Bonjour, Warda, répondit-il sans enthousiasme.

— Tu pourrais quand même nous rendre visite, ne serait-ce qu'une fois l'an ?

— Non, mais je suis à ta disposition, si tu as besoin de quoi que ce soit.

— Je te parle le langage du cœur.

— Le cœur ! dit-il, dépité, ce n'est qu'une pompe.

Dans un moment de détresse, il maudit cette science qui lui reste décidément inaccessible. Il essayait de tromper la douleur en s'élançant comme un fou avec sa voiture dans les faubourgs du Caire. Il errait sur les routes, de Fayoum à Qanâtir, de Tanta à Alexandrie. Il lui arrivait souvent de quitter Le Caire le matin pour ne rentrer que le lendemain sans avoir fermé l'œil. Il pouvait entrer dans une épicerie pour acheter à boire ou faire un petit somme dans un café, ou suivre le cortège funèbre d'un défunt inconnu, ou encore, rompu de fatigue, s'écrouler au petit matin dans sa voiture ou sur les berges du Nil.

Un jour, il se rendit à son bureau où il trouva Othmân travaillant avec acharnement.

— Où étais-tu tous ces derniers temps ? demanda l'homme.

Omar lui jeta un regard indifférent et dit :

— Dans des lieux innombrables.

— Tu es surmené, cher ami. Je me demande ce qui se passe dans ta tête.

Sa souffrance l'ayant libéré de sa gêne et de sa pudeur, il pouvait maintenant affronter Othmân sans peur ni retenue. Il dit :

— Je pense provoquer une explosion atomique. Si je n'y parviens pas, ça sera un meurtre ; et si cela encore s'avère impossible, eh bien, je me suiciderai.

Othmân pouffa de rire, puis :

— Et ton cabinet ?

— Tu me connais assez, tu devrais comprendre.

— Dis-moi ce que tu as l'intention de faire !

— Il est temps, dit-il d'un ton résolu, de faire ce que je n'ai jamais fait de ma vie, c'est-à-dire ne rien faire.

— Tu plaisantes, sans doute.

— Je n'ai jamais été aussi sérieux.

Devant sa mine dure et décidée, Othmân dut changer de ton :

— Tu ne penses pas qu'il faudrait consulter ton médecin ?

— Je ne consulte pas quelqu'un sur ce qu'il ignore.

Un silence oppressant régna, puis Omar finit par demander :

— Et toi, tu ne te cantonnes quand même pas dans ton travail d'avocat ?

— Si, mais je ne cesse de réfléchir.

— Vas-tu devenir encore une fois une menace pour la sécurité du pays ?

— C'est là un honneur que je ne saurais encore revendiquer, dit Othmân, dans un sourire.

En vérité, ce bourdonnement qui l'entourait l'empêchait d'écouter le silence à loisir. Il faudrait partir. Il était si tendu qu'il était capable de tout dévoiler. Aussi déclara-t-il à Zaïnab qu'il lui donnait procuration sur tous ses biens et qu'il renonçait à ses droits au cabinet d'affaires au profit de ses associés. Il avait pris la résolution, disait-il, de ne plus s'occuper de rien, de se retirer du monde. Elle pouvait considérer cela comme une maladie, peu importe si elle en comprenait la nature ou non. De toute façon, il voulait se replier sur lui-même. Il n'y avait pas de femme derrière tout ça, oh ! non, il fallait le croire. Ce n'était pas une lubie non plus. Il s'agissait d'une phase critique de son malaise. Le seul remède, s'il pouvait y en avoir un, consistait dans la voie qu'il avait choisie.

Zaïnab, le cœur brisé par l'avalanche de coups qui s'abattaient sur elle, l'implora, les yeux voilés :

— Nous t'avons pourtant laissé tranquille. Si tu ne peux plus supporter le travail, n'y va plus. Si c'est la nostalgie de l'art qui te taraude, tu n'as qu'à renouer avec la poésie. Mais de grâce ne nous quitte pas, par égard pour tes enfants !

Il fut affecté par ses paroles, mais il lui signifia que cela ne servait à rien d'essayer de lui faire changer d'avis. Sa décision était aussi implacable que le destin.

— J'ai eu un long entretien avec Mustapha, reprit-elle, et ça m'a été pénible de savoir que tu lui avais confié des choses que tu me cachais, mais je ne t'en ai pas voulu, vu les circonstances. Pardonne-moi de ne pas bien comprendre l'objet de ta quête, le sens de ton existence, comme tu dis. Mais je ne vois pas pour quelle raison cela impliquerait le rejet de ton travail, de ta famille et de ton avenir. Pourquoi tu ne retournerais pas voir ton médecin ?

— Voilà pourquoi je ne t'ai pas tout dit.

— Mais il n'y a aucune honte à être malade.

— Tu penses que je suis devenu fou, c'est ça ?

Elle se mit à sangloter convulsivement, mais il ne céda pas.

— La solution que j'ai choisie, dit-il d'un ton résolu, est la meilleure pour nous tous.

— D'accord, pars où tu veux, le temps de recouvrer la santé, mais reviens parmi nous.

— Peut-être qu'il en sera ainsi, mais il vaut mieux nous faire à l'idée d'un départ définitif.

Elle se remit à pleurer.

— Si je ne fais pas ça, je vais perdre la raison ou me suicider.

Elle se leva en disant :

— Bouthaïna n'est plus une enfant, et tu dois lui en parler à elle aussi et l'écouter.

— Ne me tourmente pas davantage !

Il pouvait imaginer ce qu'on allait penser de sa "maladie", mais cela n'avait aucune importance à ses yeux. Et d'ailleurs, on n'aurait certainement pas tort. Ne parlait-il pas aux animaux et à la matière inerte ? Et ces conversations avec des créatures depuis longtemps disparues ? Parfois, filant à toute allure dans sa voiture, il voyait la terre ferme se désintégrer et se transformer en un immense réseau d'atomes. Ce qui l'obligeait à s'arrêter, tremblant de peur. D'autres fois, observant le Nil ou un arbre quelconque, il les voyait s'animer et se muer en personnages dotés d'une physionomie, d'une conscience et d'une sensibilité. Il lui semblait qu'ils le scrutaient à leur tour avec méfiance, qu'ils le narguaient même, forts de leur ancienneté dans l'existence, de leur quasi-éternité par rapport à sa courte vie. Que signifiait tout cela ? Et déserter son travail, abandonner sa famille et ses amis, quel sens cela pouvait-il avoir ? Il devrait être sur ses gardes s'il ne voulait pas se retrouver bientôt dans un asile psychiatrique.

Mustapha et Othmân vinrent le voir. Il comprit qu'ils agissaient, cette fois-ci, à l'instigation de Zaïnab. Les rires de Mustapha n'eurent aucun effet, l'atmosphère restait tendue. Omar demeurait silencieux, mais lorsqu'on leur servit à boire au balcon, il but un verre de whisky à la santé des visiteurs. Les deux amis échangeaient de longs regards qui trahissaient leur appréhension. Zaïnab fit une brève apparition pour saluer ses hôtes, et juste avant de prendre congé :

— Nous étions la plus heureuse des familles, et il était le meilleur des hommes. Puis tout s'est écroulé…

Ces propos mirent fin aux hésitations des deux amis. Il n'était plus possible de tergiverser.

— Est-ce vrai, ce que nous avons entendu ? commença Mustapha.

Il ne répondit pas, mais son expression déterminée était une confirmation suffisante.

— Tu vas donc partir ?

— Oui, finit-il par dire d'un ton tranchant.

— Où ?

— Quelque part.

— Mais où exactement ?

Il refusa de répondre. L'espace, si vaste, n'est qu'une prison. Et Mustapha, avec ses mots dénués de sens, n'est qu'un idiot.

— Alors, c'est à notre tour d'être jetés à la poubelle !

— Même les larmes de Bouthaïna, dit-il avec un air maussade, ne m'ont pas arraché de meilleure réponse.

— C'est donc la fin de notre relation avec toi ? demanda Mustapha, effrayé.

— C'est la fin de ma relation avec le monde entier.

— Mais c'est affligeant, je vais pleurer des larmes de sang !

— Ma souffrance à moi est au-delà des larmes.

— Et pourquoi donc ? demanda Mustapha.

— Pour me cogner la tête contre le roc, dit-il amèrement.

— Je ne comprends pas, dit Othmân.

— Fais ce que tu veux, reprit Mustapha, mais reste parmi nous !

— Non, il faut que je parte.

— Tu ne penses pas qu'il faudrait consulter ton médecin, dit Othmân en le fixant des yeux.

— Je n'ai besoin de personne, répondit-il sèchement.

— Mais tu es un organisme colossal qui ne devrait pas se laisser détruire pour rien.

— En réalité, je ne suis rien du tout.

— Ne peut-on pas réfléchir tout en vivant parmi les gens ?

— Je ne veux plus réfléchir.

— Qu'est-ce que tu vas faire alors ?

— On ne peut plus se comprendre, dit-il, agacé.

— Mais je suis sûr que tu es en train de courir à ta perte.

— C'est toi qui cours à ta perte !

— Périr pour périr, ne vaudrait-il pas mieux rejoindre…

— Je n'ai pas envie de regarder en arrière, dit-il avec répugnance.

— En vérité, tu es en train de courir après des chimères. Et l'extase de l'aube, c'est une réalité ou une chimère ? Et si la vérité de tout être était dans le non-être ? Quand ce supplice va-t-il prendre fin ?

— Imagine, reprit Othmân, que tous les êtres raisonnables dans ce monde suivent ton exemple.

— Je laisse aux êtres raisonnables le soin de s'occuper du monde.

— Mais tu en es un.

Il porta la main à sa tête, comme pour en extirper quelque chose, puis serrant nerveusement le poing, il le dirigea vers le sol et dit d'un ton dédaigneux :

— Tiens, voilà ma raison ! Je la dépose à tes pieds.

— Je me demande à quoi ça rime, cette discussion, dit Othmân, attristé.

— Elle ne rime à rien du tout. Et de toute façon, demain vous ne me verrez déjà plus.

— Je ne crois pas un mot de tout ce qui vient d'être dit, soupira Mustapha.

— Il vaut mieux m'oublier, dit-il en fixant le sol des yeux, faites comme si je n'avais jamais existé.

— Mais c'est épouvantable ! s'écria Mustapha. Ce n'est pas possible !

Le visage de Othmân se crispa, exprimant sa tristesse et sa colère. Quant à Omar, il revêtit un masque d'indifférence. Ses amis n'étaient plus que deux structures moléculaires abstraites. Mais que signifiaient ces tiraillements qui lui taraudaient l'estomac ? Et cette tension nerveuse insupportable ? Non, il les aimait encore, tout comme sa famille. De toute son âme, il aspirait à ce moment de victoire tant attendu, ce moment de libération totale.

18

Quand ton cœur aura ce qu'il voulait, tu franchiras les frontières du temps et de l'espace. Mais, pour l'instant, tu es bien malheureux dans cette chaumière, au milieu d'une prairie bordée d'une haie de cyprès. Tu attends le jour où ces arbres et ce qu'ils entourent disparaîtront ; le jour où cessera cette mélancolie nocturne, distillée par le bruissement des plantes, les stridulations des grillons et les coassements des grenouilles ; le jour où, débarrassé du poids des souvenirs, tu pourras enfin être absorbé par le néant. Les échos des chants persans et hindous, devenus inutiles, auront alors cessé de résonner dans ta tête. Tu recevras directement la ravissante lumière de l'extase. Cette inaccessible extase de l'aube qui, avec toute la force de l'inconnu, t'unira au firmament, où ton cœur, sans aucun concours des sens, restera éveillé.

Bouthaïna se dressait devant lui, svelte et gracieuse comme un cyprès. Elle promenait ses yeux verts entre le jardin, le canal qui coulait entre deux rangées d'acacias, et les champs qui s'étendaient au-delà des haies.

— C'est pour cela donc ? demandait-elle d'un ton de reproche.

Intimidé par sa présence, tu as caressé tendrement ses cheveux ondulés et tu as murmuré :

— Non, c'est plutôt pour le néant.

— Tu n'as pas peur de la solitude dans cet endroit désolé ?

Tu lui as murmuré à l'oreille :

— Non, la solitude, j'en ai souffert quand je vivais parmi la foule.

Elle a reculé d'un pas en disant :

— Hier, Othmân a dit…

Tu l'as interrompue gentiment :

— Tu ne t'es pas encore rendue compte, ma fille, que je suis sourd ?

Elle a quitté le jardin par la petite porte en bois au milieu de la palissade couverte de lierre et de jonquilles, puis elle a disparu.

J'ai poussé un soupir de lassitude en ouvrant les yeux dans l'obscurité. Que signifiait ce rêve, sinon que je n'avais pas encore totalement échappé aux appels de la vie ? D'où vient qu'éveillé, je ne cesse de penser à toi, et qu'à peine endormi, ces visions étranges viennent hanter mon sommeil ?

Mustapha, jovial, t'embrassait affectueusement, puis te fixait avec des yeux attristés. A la place de sa calvitie, tu voyais une chevelure noire et épaisse qui lui flottait sur la nuque. Tu n'as pas pu t'empêcher de lui dire :

— Félicitations ! Mais comment tu t'y es pris ?

Il t'a répondu avec un sérieux inhabituel :

— J'ai récité la sourate du Miséricordieux au petit matin.

— Et depuis quand connais-tu la voie du Miséricordieux ?

— Depuis que tu as déserté le monde pour venir t'exiler ici.

— Et pourquoi es-tu venu ?

— Pour t'apprendre que Zaïnab travaille avec l'énergie de dix hommes.

— Que Dieu lui vienne en aide !

Il a jeté un regard circulaire sur la maison, le jardin et les champs alentour, puis il a dit :

— Cette maison serait un charmant nid d'amour ou une retraite idéale pour un artiste.

Déconcerté, tu as dit :

— Te voilà qui retournes à tes facéties !

Il a soupiré, puis :

— Que reste-t-il d'autre aux enfants de l'âge de pierre ? Mais toi, tu as préféré la passion du désespoir !

Alors, je me suis retiré en disant :

— Tu n'as donc pas compris que j'ai perdu l'usage des sens ?

Il a haussé les épaules, puis il s'est hissé jusqu'au sommet d'un cyprès, de telle sorte qu'il paraissait plus haut que la lune qui montait à l'horizon. Ainsi perché, sa calvitie luisant sous le clair de lune, il s'est mis à agiter une clochette qu'il avait à la main. Au retentissement de l'instrument, une multitude d'insectes de toutes sortes affluaient et se mettaient à danser autour de l'arbre.

J'ai poussé un soupir de lassitude en ouvrant les yeux dans l'obscurité. Que signifiait ce rêve, sinon que je n'avais pas encore totalement échappé aux appels de la vie ? D'où vient qu'éveillé, je ne cesse de penser à toi, et qu'à peine endormi, ces visions étranges viennent hanter mon sommeil ?

Je me promenais dans le jardin en récitant des poèmes de Majnûn. Soudain, venant de derrière le mur de clôture, côté nord, près du canal, une voix gutturale déchire le silence et me fait sursauter :

— Hé ! C'est où la porte ?

Othmân sur une motocyclette ornée de fanions, à la manière des gens du peuple les jours de fête.

D'un ton péremptoire, je lui dis :

— N'entre pas !

— Tu sais, je viens d'accomplir un miracle : j'ai franchi le canal avec ma moto en roulant sur la surface de l'eau !

— Je ne crois pas aux miracles.

Il éclate de rire et me dit :

— Mais nous vivons à l'âge des miracles.

Je recule d'un pas, puis je lui demande :

— Qu'est-ce que tu veux ?

D'un ton imposant, il dit :

— J'ai été délégué par ta famille pour venir te voir.

— Je n'ai pas de famille.

— Est-ce que tu sais que de nouvelles branches de ta famille ont apparu sur les cinq continents ? C'est miraculeux, non ? Dis, tu ne voudrais pas retourner à ce mélange merveilleux de platine et de carbone ?

Je lui dis d'un ton de défi :

— Et toi, tu ne sais pas que notre véritable famille est le néant ?

Là, il se met carrément à me menacer :

— Je reviendrai te pourchasser avec toute une meute de chiens dressés !

Je me réveille sur des pétarades de moto et des aboiements de chiens.

J'ai poussé un soupir de lassitude en ouvrant les yeux dans l'obscurité. Que signifiait ce rêve, sinon que je ne m'en étais pas encore sorti ? D'où vient qu'éveillé, je ne cesse de penser à toi, et qu'à peine endormi…

J'ai passé toute la nuit dans le jardin, seul dans l'obscurité avec les étoiles qui scintillaient là-haut. Je leur ai demandé quand mes vœux seraient exaucés. J'ai crié jusqu'à faire trembler les cyprès, houspillant tout et rien à la fois. Je me suis adressé à un astre étincelant en le fixant des yeux :

— Je veux voir !

Il a murmuré :

— Regarde !

J'ai regardé, et je n'ai vu que le vide.

— Ce n'est pas ça que je voulais voir !

Il a murmuré encore :

— Regarde !

De l'obscurité surgit un homme nu, aux traits sauvages, avec une chevelure qui lui descend jusqu'aux épaules, brandissant une massue de pierre, prêt à se battre. Soudain, une bête féroce bondit devant lui. Une bête d'une espèce inconnue, une sorte de crocodile avec une tête de taureau, se dressant sur quatre longues pattes. Une bataille sanglante s'engage entre eux. La bête est finalement vaincue et l'homme s'en va, titubant, couvert de sang de la tête aux pieds. Cependant, la douleur ne l'empêche pas de sourire.

Mais ce n'est pas ça que je voulais voir, tu le sais bien !

Il a murmuré encore :

— Regarde !

L'obscurité se dissipe pour laisser apparaître un paysage avec une forêt et une montagne à l'arrière-plan. De farouches montagnards nus, armés de pierres, descendent dans la clairière où les habitants de la forêt, aussi belliqueux et aussi sauvages qu'eux, les affrontent. Il s'ensuit un combat si furieux, si épouvantable que les bêtes fauves, effrayées par tant de cris et de sang, s'enfuient pour chercher refuge au sommet des arbres, dans les cours d'eau ou sur la cime de la montagne. La bataille se termine par la défaite des gens de la forêt, décimés ou faits prisonniers. Les montagnards jubilent.

Mais ce n'est pas ça que je voulais voir, tu le sais bien !

— Regarde !

J'ai vu des hommes cultivant la terre, des caravanes chargées de marchandises, des cavaliers armés jusqu'aux dents, prêts au combat.

Mais ce n'est pas ça que je voulais voir, tu le sais bien !

— Regarde !

J'ai vu un homme au front haut, l'air absorbé, alignant une infinité de chiffres sur des feuilles de papier.

Mais ce n'est pas ça que je voulais voir, tu le sais bien !

— Regarde !

Au début je n'ai rien vu. Mais soudain, j'ai eu un sursaut qui semblait annoncer la victoire, puis je me suis senti submergé de bonheur. Le souvenir de la sensation d'exaltation qui avait précédé la vision du désert m'est venu à l'esprit. J'étais sûr que l'extase, avec son cortège de réjouissances, approchait. Progressivement, une image apparaissait, de plus en plus claire, de plus en plus nette. Mon cœur battait comme jamais. Des figures humaines disposées en bouquet, exactement comme un bouquet de fleurs, sortaient de l'obscurité. Je n'ai pas tardé à y distinguer les visages de Zaïnab, de Bouthaïna, de Samir, de Jamila, de Othmân, de Mustapha et de Warda. J'étais saisi d'étonnement et regardais avec répugnance. Mon enthousiasme est retombé d'un seul coup et j'ai été envahi par une vague de déception. Ce n'est pas ça que je voulais voir, et tu le sais bien ! Où est la face tant attendue, où est-elle ? Mais l'image que j'avais devant moi ne voulait pas s'effacer ; bien au contraire, elle devenait plus nette encore. Les personnages se mettaient maintenant à faire des farces. Zaïnab et Warda se montraient chacune avec la tête de l'autre. Othmân avait la calvitie de Mustapha, et celui-ci me regardait avec les yeux du premier. Samir, affublé de la tête de Othmân, s'avance vers moi à quatre pattes. Effrayé, je prends la fuite, essayant d'échapper à cet être hybride. Mais plus je me hâtais, plus il me talonnait. Je saute par-dessus la palissade. Il me rattrape d'un bond comme une sauterelle. Je fonce à toute allure en longeant le canal. Mais impossible de s'en débarrasser, il était toujours à mes trousses comme un taureau furieux. Hors d'haleine, les muscles rompus de fatigue, je m'écroule, pris de vertige, face contre terre sur l'herbe humide. L'autre approchait, plus déterminé que jamais.

C'est sûr, le Malin s'est insinué dans mon rêve. Au lieu de l'extase, c'était la malédiction ; et le paradis s'est transformé en scène de bouffonnerie. Etalé sur l'herbe, j'ai abandonné toute idée de résistance. J'ai levé légèrement la tête pour jeter un coup d'œil alentour. Un saule scandait un vers de poésie. Une vache s'approchait de moi en déclarant qu'elle allait cesser de donner du lait pour se consacrer à l'étude de la chimie. Une vipère dansait allègrement après avoir craché ses dents. Un renard qui gardait des poules. Un chœur de scarabées chantant un chant angélique. Un scorpion habillé en infirmière.

J'ai poussé un soupir de lassitude en ouvrant les yeux dans l'obscurité. Que signifiait ce rêve, sinon qu'éveillé je ne cessais de penser à toi…

19

Etendu sur le dos dans l'herbe, je regardais les arbres qui se balançaient dans l'obscurité, résolu à attendre le temps qu'il fallait. Soudain, j'entends un bruit de pas qui s'approchent et une voix qui murmure :

— Bonsoir, Omar.

Le fantôme devait être tout près de moi. Encore un rêve ! Mais je n'y voyais pas grand-chose.

— J'avais presque perdu tout espoir de te retrouver. Couché comme ça par terre, tu ne crains donc pas l'humidité ?

Il s'est assis sur l'herbe, juste à mes côtés, et a tendu la main vers moi. Mais je ne lui ai prêté aucune attention.

— Tu ne m'as pas encore reconnu ? Aurais-tu oublié le son de ma voix ?

J'ai soupiré :

— Quand est-ce que le diable va me laisser tranquille ?

— Qu'est-ce que tu dis ? Omar, réponds-moi, s'il te plaît ! Je suis dans une très mauvaise passe.

— Qui es-tu ?

— Comme c'est étrange, mais je suis Othmân Khalil.

— Qu'est-ce que tu veux ?

— Ecoute-moi, je suis Othmân. Ce que je craignais est bien arrivé, et je suis poursuivi.

Je l'ai tâté avec précaution, puis j'ai dit :

— Je ne reconnais pas le corps de Samir. Qu'est-ce que tu es venu faire cette fois-ci ?

— Samir ? Mais tu me fais peur.

— Toi, tu ne me feras plus peur, en tout cas. Et je ne me mettrai plus à courir comme un fou.

Il a touché mon bras, puis il a dit :

— S'il te plaît, parle-moi en ami ! Ne me pousse pas au désespoir !

— Et qu'est-ce que ça peut faire ?

— Ecoute-moi bien, Omar ! Je suis dans une situation critique. Ils me recherchent partout ; et s'ils m'arrêtent, je suis perdu.

— Alors, le fugitif, c'est toi cette fois-ci !

— Je vais me cacher chez toi pour leur échapper.

Dépité, j'ai demandé :

— Quel diable t'a conduit jusqu'ici ?

— Nous savions où tu étais dès le début. Ce n'était pas si dur à trouver pour un journaliste qui a l'expérience de Mustapha. D'ailleurs, il venait souvent dans les parages pour jeter un œil de loin et te recommander aux paysans qui t'apportaient à manger. Mais nous ne voulions pas te déranger.

D'une voix gémissante, j'ai dit :

— Ce sont eux qui m'ont empêché de voir sa face !

— Pendant un an et demi nous ne t'avons pas dérangé une seule fois.

— Tu ne m'intéresses pas, même si tu mettais ta tête sur le corps de Samir.

D'un ton affligé, il a dit :

— Qu'est-ce qu'il t'est arrivé ? J'ai du mal à croire que tu ne m'as pas encore reconnu.

— Ça m'est bien égal.

— Ecoute-moi, Omar ! Je vais te confier quelque chose de terrible. J'ai épousé Bouthaïna.

— Je m'en fiche ! Que le diable continue ses farces tant qu'il voudra !

Il a approché son visage du mien pour me dire encore :

— Nous nous sommes mariés malgré la différence d'âge. C'est la loi de l'amour, comme tu sais ! Et ta fille porte en son sein un enfant, mon fils, qui est ton petit-fils.

— Tout comme tu étais mon fils et mon ennemi !

— Ces incroyables nouvelles ne te réveillent donc pas ?

— Comme la vipère qui a ôté ses crochets à venin pour se mettre à danser.

— Misère !

— C'est ce que je ne cesse de répéter, mais personne ne veut me répondre.

Il m'a tapoté la poitrine affectueusement, puis :

— Ressaisis-toi ! Ils ont vraiment besoin de toi. J'ai réussi à m'échapper juste à temps, mais la police est toujours à mes trousses. Ils ont fouillé ton bureau et j'ai bien peur qu'ils ne te soupçonnent de quelque chose. Tu dois rentrer pour prouver ton innocence et t'occuper des tiens. Bouthaïna attend un enfant, et je suis sûr qu'elle ne me reverra plus jamais...

— Et moi, je n'ai jamais vu sa face.

— Tu ne veux donc pas comprendre ?

— Je me tue à chercher à comprendre en souffrant le martyre, mais je n'arrive à rien.

— Tu n'as pas compris que je suis le mari de ta fille, que ma vie est en danger, que je dois me cacher ?

— Cours jusqu'à ce que tu tombes de fatigue, et tu verras alors les scarabées chanter.

— C'est terrible !

— Oui, c'est terrible.

Il s'est mis en colère et m'a secoué énergiquement :

— Réveille-toi, ce n'est pas le moment de délirer ! Il faut que je t'explique tout avant de m'en aller.

— Cesse de troubler mes rêves, va-t'en !

— Quel malheur ! Mais qu'est-ce que tu as fait de ta tête ?

— Le diable va désespérer de moi.

— Réveille-toi ! Ta famille est en danger. Si tu es mis en cause par la police, ils vont avoir de sérieux ennuis. Moi, je ne crains plus rien, je me suis voué moi-même à la ruine. Il faut que tu retournes parmi les tiens !

— Retourne aux enfers, ta demeure naturelle !

Exaspéré, il s'est mis à me secouer de nouveau :

— Je dois m'enfuir et tu dois rentrer !

— Reste, comme ça tu pourras assister à ma victoire !

Il a hoché la tête dans un geste de dépit, puis :

— Quel idiot ! Tu as gâché ta vie à courir après quelque chose qui n'existe pas.

— Et toi, quand est-ce que tu comprendras que tu n'as aucune existence ?

Il s'est levé en disant :

— J'avoue que je désespère de toi, bien que ce terme ne fasse pas partie de mon lexique.

— Le diable aurait-il désespéré déjà ?

Le fantôme s'éloigne dans l'obscurité en disant d'une voix attristée :

— Adieu, vieux camarade !

Le calme a régné un instant dans la nuit. L'homme est revenu en courant :

— Ils sont là ! Comment ont-ils pu me dépister si vite ?

Il s'est mis à courir dans le jardin vers le côté ouest du mur de clôture, mais il n'a pas tardé à rebrousser chemin en criant furieusement :

— Je suis cerné.

Puis il s'est dirigé vers la petite maison.

Je regardais les étoiles calmement, quand soudain, une voix désagréable s'est mise à crier :

— Rends-toi, Othmân Khalil ! Rends-toi, tu es cerné de toutes parts !

Il n'y a pas eu de réponse. J'ai tourné les yeux dans la direction de la voix, mais je n'ai rien pu distinguer dans l'obscurité épaisse.

J'ai marmotté :

— C'est le diable qui continue ses facéties. Je ne suis pas cerné, bien au contraire, je suis libre.

Des voix s'élevaient des quatre coins de la palissade, elles s'approchaient de plus en plus.

— Inutile de résister, criait l'une d'elles, ça n'a aucun sens !

Le fuyard ne répondait toujours pas.

— Tout a un sens, ai-je encore marmonné.

Brusquement, la maison est inondée de lumière. Des projecteurs puissants sont braqués sur les lieux. Les filets se resserrent sérieusement.

— Rends-toi, Othmân, criait encore la voix. Sors de ta cachette, les mains en l'air.

J'ai soupiré :

— Quand ces voix infernales vont-elles me laisser tranquille ?

L'autre vociférait encore d'une manière épouvantable :

— Tu ne vois pas que toute résistance est absurde ?

— Rien n'est absurde dans l'existence, ai-je encore murmuré.

Des bruits de pas accompagnés de hurlements venaient de derrière la maison. Puis une ombre a surgi sous le porche qui donnait sur le jardin et s'est mise à crier :

— C'est fini, on l'a attrapé… Tout est fini.

— Rien n'a jamais de fin.

D'autres ombres couraient maintenant dans le jardin, se dirigeant vers la maison. L'une d'elles a trébuché sur ma jambe. Elle est tombée face contre terre et s'est mise à crier :

— Attention, il y en a d'autres !

Un coup de feu est parti et j'ai poussé un gémissement. J'ai eu une sensation de forte douleur, une douleur qui semblait bien réelle, et non pas une plaisanterie du diable dans un songe.

J'ai poussé un soupir de lassitude en ouvrant les yeux. Que signifiait ce rêve, sinon que je ne m'en étais pas encore sorti ? D'où vient qu'éveillé, je ne cesse de penser à toi, et qu'à peine endormi, ces visions étranges viennent hanter mon sommeil ?

Mais… halte-là ! Où suis-je ? Où sont les étoiles ? Où est l'herbe du jardin ? Où sont les cyprès ? Je suis dans une voiture, couché sur une longue banquette, avec un homme assis à l'autre bout. De l'autre côté de la voiture, Othmân est assis, silencieux, entouré de deux hommes. Nul doute, je suis encore en train de rêver. Mais une douleur à l'épaule me fait gémir.

— La balle a dû lui fracturer la clavicule, mais c'est une blessure superficielle. Sa vie n'est pas en danger.

Que signifie ce rêve ? Et où m'emmène-t-on ? Quand cette douleur va-t-elle se calmer ? Quand vais-je triompher du diable et de ses folies ? Quand le monde et toutes ses créatures vont-ils quitter mes songes ? J'ai gémi malgré moi.

— Prenez patience, juste un petit peu encore, a dit quelqu'un.

— Disparaissez, que je voie les étoiles !

— Ne vous inquiétez pas, tout va bien.

— Ça ira mieux quand je vous aurai mis en déroute.

— Calmez-vous, un docteur va vous examiner tout de suite.

— Je n'ai besoin de personne.

— Ne vous fatiguez pas à parler.

— Hé ! le saule a bien parlé ! Et la vipère n'a-t-elle pas dansé ? Et les scarabées n'ont-ils pas chanté !

Il continua longtemps à répéter cette tirade à voix basse. Puis il finit par fermer les yeux, mais la douleur ne se calmait toujours pas. Il se demandait quand il allait voir sa face. Ne s'était-il pas retiré du monde pour cela ?

A un certain moment, il eut le sentiment qu'il était bien dans la réalité. Il entendait bien son cœur battre, et cela ne pouvait pas être un rêve. Il était, sans doute, en train de revenir au monde réel.

Il essayait de se rappeler un vers de poésie. Quand l'avait-il lu ? De qui était-il ?

Le vers lui revenait avec une clarté étonnante :

Si tu me voulais vraiment, pourquoi m'as-tu abandonné ?